어쩌면
예술일 거야,
우리 일상도

어쩌면 예술일 거야, 우리 일상도

평범한 일상이 예술이 되는 40가지 방법

초 판 1쇄 2024년 10월 17일

지은이 김민경, 김은주, 김인혜, 류제영, 신유진, 희경, 이숙희, 이윤미, 정가주, 최은정
펴낸이 류종렬

펴낸곳 미다스북스
본부장 임종익
편집장 이다경, 김가영
디자인 윤가희, 임인영
책임진행 이예나, 김요섭, 안채원

등록 2001년 3월 21일 제2001-000040호
주소 서울시 마포구 양화로 133 서교타워 711호
전화 02) 322-7802~3
팩스 02) 6007-1845
블로그 http://blog.naver.com/midasbooks
전자주소 midasbooks@hanmail.net
페이스북 https://www.facebook.com/midasbooks425
인스타그램 https://www.instagram.com/midasbooks

ⓒ 김민경, 김은주, 김인혜, 류제영, 신유진, 희경, 이숙희, 이윤미, 정가주, 최은정, 미다스북스 2024, *Printed in Korea*.

ISBN 979-11-6910-843-0 03810

값 18,500원

미다스북스는 다음세대에게 필요한 지혜와 교양을 생각합니다.

평범한 일상이 예술이 되는 40가지 방법

어쩌면
예술일 거야,
우리 일상도

김민경 김은주 김인혜 류제영 신유진
희 경 이숙희 이윤미 정가주 최은정

미다스북스

프롤로그

✳

신유진

빨래를 널었습니다. 짜증이 폭발하기 직전이었죠. 푹푹 찌는 날씨 아침부터 집안일을 해치우고 이제 좀 쉬어 볼까 하는데, 두 시간 전 돌려놓은 빨래가 다 되었다는 세탁기 알림음이 들렸습니다. '뭐야! 아직 끝난 게 아니었어?' 빨래 돌려놓은 건 생각지도 못하고 이미 샤워까지 마친 상태인데, 또 땀을 흘려야 한다 생각하니 한숨이 절로 나왔습니다. 건조기 놓을 공간 없는 집을 탓하다 어차피 할 일인데 햇빛 좋을 때 널어놓자 생각하고 베란다에 나갔습니다. 하루건너 빨래해도 아침 저녁으로 하는 샤워 탓에 수건이 많이 쌓여 있었습니다. 서로 겹치지 않게 수건과 수건 사이 적당한 간격을 두고, 햇빛을 가리지 않게 작은 양말은 앞쪽에 큰 티셔츠는 뒤쪽에 위치를 조정했습니다. 그러다 문득 며칠 전 미술관에서 본 작품이 생각났습니다. 이우환 작가의 〈관계〉 라는 작품입니다. 크기도 모양도 조금씩 다른 전기밥솥 크기의 평범한 돌덩어리, 네 개가 간격을 두고 놓여있는 게 전부였습니다. 이우환 작가는 현대미술의 선구자이며 세계적으로도 인정받은 예술가라는 건 검색만 해 봐도 알 수 있습니다. 미술에 관심이 있어 '이우환'이라는 작가의 이름은 알고 있었지만, 돌덩어리 몇 개를 마음에 담기에는 부족했습니다. 베란다라는 공간 안의 빨래를 보며 생각합니다. '빨래도 사람도 적당한 간격을 둔 관계가 필요해.' 이우환 작가가 말하고 싶었던 것도 이런 것이 아니었을까 제 맘대로 생각해 봅니다. 이우환이 돌로 관계를 표현했다면 나는 빨래로 했다고 스스로 만족해합니다.

'예술이 뭐 별건가. 내 일상에 작은 의미 더하면 되지.'

반복되는 일상에 날씨처럼 축 처진 나의 자존감을 일으켜 세워 봅니다. 탁탁 털어 각 잡아 줄을 맞추니, 빨래 너는 것이 예술이 되었습니다. 햇빛 받아 잘 마르는 빨래처럼 짜증 냈던 마음도 금세 마르고 흡족해졌습니다. 일상에서 예술을 만나는 건 마음먹기에 달렸습니다.

장 프랑수아 밀레의 〈만종〉, 〈이삭 줍는 여인들〉 그림을 본 적 있으실 겁니다. 올해 초 파리 오르세 미술관에서 원화를 직접 볼 기회가 있었습니다. 그림 앞에서 숨죽여 한참을 바라봤습니다. 그림이 아름답다고 느끼는 건 밀레라는 예술가가 그림을 잘 그려서라는 건 말할 필요도 없는 사실입니다. 밀레처럼 그림을 잘 그리는 예술가가 되는 건 어려운 일입니다. 하지만 평범한 농촌의 풍경을 밀레처럼 아름답게 바라보는 시선은 우리에게도 있습니다. 정지된 그림에서 농부의 일상이 저에게도 흘러가는 느낌이 들었습니다. 아침부터 저녁까지 일하고 황혼 무렵 울리는 종소리를 듣습니다. 그제야 허리를 펴고 기도합니다. 가족과 그리고 가여운 이웃을 위해. 밀레의 그림에 아름다운 자연 풍경만 있고 이삭을 줍고 기도하는 사람이 없었다면 지금처럼 사랑받는 그림이 되었을까 생각해 봅니다. 밀레의 그림이 아름다운 건, 밀레가 잘 그려서이고, 밀레의 시선이 아름다워서이고, 그림 속 농부의 삶이 아름다워서입니다. 우린 이미 예술가입니다. 평범한 일상을 쌓아 '삶'이라는 커다란 예술품을 만들어 가는 예술가입니다.

예술은 '아름다움을 창조하는 인간의 활동'이라고 합니다. 이 글을 읽고 계신 당신은 어떨 때 아름답다는 감정을 느끼시나요?

'아름답다.'라는 말을 사전에서 찾아보았습니다.

'보이는 대상이나 음향, 목소리 따위가 균형과 조화를 이루어 눈과 귀에 즐거움과 만족을 줄 만하다.'

'하는 일이나 마음씨 따위가 훌륭하고 갸륵한 데가 있다.'

우리의 이야기는 위에 언급한 두 가지 아름다움을 모두 담았습니다. 즐거움과 만족을 주는 아름다움, 마음씨가 훌륭하고 갸륵한 아름다움을 담았습니다.

자, 이제 일상이 예술이 되는 순간을 만나러 갈까요?

1장 '작은 기쁨을 찾아요'에서는 평범하고 소소하지만 나에게 특별
한 기쁨을 주는 이야기를

2장 '가만히 멈추고 나를 돌보는 시간'에서는 바쁜 일상에서 멈추어
나를 돌보는 시간을

3장 '좋아하는 것을 가까이에'에서는 내가 좋아하는 것을 탐구하는
이야기를

4장 '일상이 예술이 되는 순간'에서는 내가 만들어 가는 빛나는 순
간을 담아 보려 했습니다.

원고를 마감하고 열 명의 작가 이야기를 독자 입장으로 읽었습니다.
'이런 건 나도 해 보고 싶다.'라는 마음이 들어 끄적끄적 노트에 적어
보았습니다. 자연에서 살아 보기, 템플스테이 해 보기, 재즈 페스티벌
가 보기, 어려운 러시아문학에 빠져 보기, 혼자 살아 보기, 시간을 은
행에 저축하기, 집 지어 보기, 메트로폴리탄 미술관 가 보기, 졸린 수
영복 입어 보기. 이 공간에 다 적을 수 없지만 따라 해 보고 싶은 것이
생겼습니다. 매일 할 수 있는 책 읽기와 글쓰기, 산책, 내 옆에 사랑하
는 사람들과 함께하는 시간. 이런 소소한 일상에 작은 마음 더해 예술

을 만들어 가는 작가들의 마음을 닮고 싶어졌습니다. 진정한 보물은 일상의 사소한 순간 속에 잠들어 있습니다. 우리도 밀레의 눈으로 일상을 바라보면 예술가가 될 수 있고, 밀레의 그림 속 주인공이 될 수 있음을 잊지 말아 주세요.

사실, 그리 대단한 이야기는 없습니다. 중요한 것은, 열 명의 작가처럼 일상에서 우연히 발견하는 것들을 스쳐 보내지 않고 마음에 담아 두는 시선입니다. 예술은 멀리 있지 않습니다. 어떤 날은 동네 한 바퀴 휙 돌고, 카페에 들러 멍하니 시간을 보내며 지나가는 사람들을 구경해 보세요. 거기에서 예술을 만날 수도 있습니다.

유난히 더웠던 이번 여름, 집 앞 빽다방에서 글을 쓰며 보냈습니다. 글을 쓰다가 고개를 들어 창밖으로 보이는 풍성한 초록 잎을 감상했습니다. 그 어떤 그림보다 아름다운 풍경, 이미 내 곁에 있었던 것들입니다. 우리의 작은 이야기가 당신에게 예술이 되기를 바라는 마음입니다.

목차

2장 가만히 멈추고 나를 돌보는 시간

3장 좋아하는 것을 가까이에

4장 일상이 예술이 되는 순간

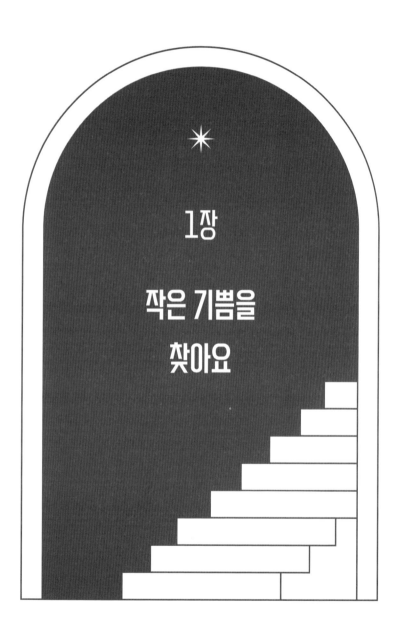

1장

작은 기쁨을
찾아요

1

동글동글 바퀴 두 개, 자전거

✴

김민경

아직 5월인데 며칠 간격으로 높은 해가 뜨겁다. 그러다 비가 오고 그 뒤로 산책하기 좋은 날이 또 며칠이다. 4~5월 거세게 불어 외출을 힘들게 했던 고성의 양간지풍이 잠잠해진다. 여기저기 부실해지는 몸을 보면, 운동이 가장 필요한 시기인데 여전히 꾸준한 운동이 어렵다. 자연 속에서 걷는 것이 나의 유일한 운동인데, 안타깝게도 모두가 걷기는 운동이 아니란다. 내리쬐는 해에는 더워서 땀이 나도, 걷기만으로는 땀이 나지 않는다. 고성의 아름다운 자연과 동행자 아들로 인해 수시로 멈추어 천천히 걷는 일은 일상의 기쁨으로 제 역할을 끝내고 만다. 걷기만큼 즐거운 활동이며 운동의 역할도 해 주는 든든한 친구를 찾았다. 바로 자전거다. 여름과 겨울에는 방치되는 자전거를 봄, 가을에 신나게 탄다. 어제도 오늘도 자전거 타기 좋은 날이다. 아이가 3년을 타던 16인치 자전거는 열심히 바퀴를 굴러도 늘 나와 거리가 벌어졌다. 쌩쌩 달리고 싶은데, 뒤처지는 아들과 속도를 맞추려 페달을 멈추는 시간이 많았다. 아이에게 22인치 자전거가 생겼다. 아이 인생 네 번째 자전거다. 처음으로 자신의 용돈으로 구매해 아이에게 더욱 특별하다. 22인치 바퀴는 아이 키에 조금 버겁다. 자주 바꾸는 게 싫어 오래 탄다고 22인치를 구매했는데, 안장을 끝까지 내려도 발가락만 땅에 닿는다. 그래도 이제 두발자전거 4년 차다. 조금 높은 안장에도 흔들림 없이 잘 달린다. 커진 바퀴 덕에 엄마를 바짝 따라붙는다. 우리의 자전거 거리가 마음만큼 가까워진다. 힘있게 발을 구르는 걸 보니, 조금 더 지나면 아이가 나를 앞설 것이다. 그때는 아이가 페달을 멈추고 나와 속도를 맞추어 줄까? 궁금한 마음으로 아이를 바라본다.

"엄마 오늘은 아야진해변으로 가요."

아이와 물 한 통씩 챙겨 들고 집을 나섰다. 봉포해변과 천진해변을 지나면 아이가 좋아하는 청간정이다. 자전거 레일이 있지만, 경사가 높은 계단을 오르내려야 한다. 최근 늘어난 바이올린 연습으로 어깨와 팔 상태가 좋지 못한데 무사히 통과할지 걱정이다. 이어지는 청간해변을 지나고 아야진 항구를 지나면, 드디어 목적지인 아야진해변이 등장한다. 좋은 날씨에 낚시꾼들이 한창 모여드는 시즌이다. 잘 둘러보고 낚시 명당을 좀 알아 두어야겠다. 아이는 6년째 횟집 수조만 보면 멈춰 선다. 10살이 된 지금도 여전하다. 봉포에 있는 횟집도 한 번 들리고, 천진에 있는 횟집도 들리고서야 드디어 자전거길 데크에 닿는다. 왕복 1시간으로 일상에 무리 없이 좋은 기분만 채워 돌아온다. 코스 중 최고의 경치를 자랑하며 동시에 가장 힘든 구간인 청간정 앞이다.

"엄마, 청간정 코스가 바뀌었어요. 계단이 없는데요. 와 진짜 멋져요."

가파른 계단과 자전거 레일이 사라졌다. 한참 청간정 주변에서 공사하더니 난코스 구간이 달라진 것이다. 넓어지고 낮아진 경사로가 길게 이어져, 청간정 주위를 완만하게 두르고 있다. 고통의 구간을 넘기며 누리던 성취감은 사라졌지만, 시간과 에너지가 남는다. 아야진을 넘어 다음 바다까지 아니 그다음 바다까지도 달릴 만큼이다.

"엄마, 저는 이제 공현진해변까지도 갈 수 있어요."

고성의 맑은 공기는 모두 들이마실 듯 신나게 달린다. 바람이 온몸에 날아드니 시원하고 상쾌하다. 그런데도 등에는 땀이 흐르니 바라던 운동의 맛이다. 서울과 수도권의 자전거길만큼 이용객이 많지 않으니, 아이와 여유롭고 안전하게 자전거를 탈 수 있다. 우리의 속도대로 살아가는 시골의 매력을 자전거길 위에서도 누린다. 찰박찰박 물고인 논에 아직 작은 키의 귀여운 초록 벼들이 싱그럽다. 머리도 가슴도 열어주는 고성의 바다는 새파랗게 춤을 춘다. 바닷새들의 쉼터와 아이의 놀이터가 되어 주는 모래톱은 오늘도 우리의 발을 잡는다. 한숨 돌리려 잠시 멈추는 곳마다 꽃이 마주 보며 웃는다. 호수에서 흘러

나와 바다로 이어지는 민물에는 물가에 사는 식물들이 가득 자란다. 우거진 모양도 크기도 제각각인데, 자연스레 어우러져 멋진 정원을 만든다. 자전거 바퀴가 돌 때마다 다채로운 풍경이 함께 돈다. 우리가 사는 고성이 얼마나 아름다운 곳인지, 자전거를 타며 깊이 만난다. 아야진 항구에서 아야진해변으로 이어지는 길에 아이스크림 가게가 생겼다. 라벤더꽃으로 장식된 낮고 작은 건물이 아이와 읽던 책 속 오두막집을 닮았다. 자전거를 타고 지나간 덕분에 발견한 보랏빛 새 소식이다. 인어 꼬리 초콜릿이 올라간 밀크 아이스크림과 라벤더 아이스크림을 팔고 있다. 모양도 맛도 궁금해 그냥 지나칠 수가 없다.

"아들, 우리 등에 난 땀 좀 식히고 갈까?"

아이와의 자전거 여행을 달콤하게 마무리하려 멈춘다. 가는 날이 장날이라더니, 영업이 끝나고 가게를 청소 중이다. 우리가 찾아간 시간은 6시 5분, 아이스크림 가게 마감은 6시다. 당장은 아쉽지만, 다음 자전거 여행에 대한 기대를 남긴다.

"엄마, 내일 또 타요."

"좋아, 우리 내일도 모레도 나오자. 한여름이 오기 전까지 매일 타자."

마음과 마음이 닿는 순간이다.

앞바퀴, 뒷바퀴 서로 다른 두 바퀴가 한 방향으로 가는 것이 자전거다. 브레이크도 따로 달려 하나는 왼손이 필요하고, 하나는 오른손이

거들어야 한다. 다른 바퀴가 없어도 온전히 자신만의 원을 가졌으니 그대로 근사한 모습이다. 그렇다고 각자 다른 방향으로 돌면, 둘 다 어디로도 갈 수 없다. 아이는 웃긴 이야기책을 좋아하고, 나는 따뜻한 이야기책을 좋아한다. 아이는 소시지와 치킨을 끼니마다 먹고 싶어 하고, 나는 채소가 가득한 식탁을 차리고 싶다. 나는 해야 할 일을 먼저 하고 편히 쉬면 좋겠는데, 아이는 실컷 놀다, 해야 할 일은 늘 마지막에 한다. 세상에서 가장 사랑하는 가족이지만 좋아하는 것, 싫어하는 것이 참 다르다. 성격도 에너지도 생각도 차이가 난다. 아이와 나는 다른 위치에 서 있는 두 개의 바퀴다. 각자가 자신을 드러내는 일상의 패턴을 동그랗게 그리며 산다. 분리된 각자지만 체인으로 연결된 두 바퀴이기도 하다. 가족이라는 이름으로, 사랑하는 마음으로 연결되어 있다. 기꺼이 서로에게 귀를 기울이며 좋은 관계를 위해 함께 대화하고 시간을 보낸다. 자전거 타기는 아이와의 몇 안 되는 공통분모다. 우리는 너무 달라. 내가 낳았는데 어쩜 이렇게 나와 반대일까? 하다가도 이렇게 서로 같은 마음을 만난다. 선물 같은 순간이다. 함께할 수 있는 이런 작은 기쁨을 찾는 데 시간과 마음을 쓴다. 아이도 나도 '행복'이라는 한 방향을 향해 오늘도 따로 또 같이 바퀴를 굴린다.

이게 바로 예술이지. 일상을 예술로 만드는 방법 1

자전거를 타고 온몸이 젖도록 땀을 내 보세요. 젖은 등과 얼굴에 부는 시원한 바람을 동시에 느껴 보세요. 당신을 자유롭게 하는 시간을 만나 보세요.

2

Full Stay, 템플스테이

✳

김은주

불교에 대해 아는 사람이 얼마나 될까? 예전에는 할머니들이 많이 믿는 종교로서 절을 알고 있었다. 근래에는 SNS 활동과 뉴진스님의 활약으로 젊은 세대에서도 불교를 접하는 기회가 많아졌다. 나는 천주교 신자이다. 정확히 말하면 세례도 받고 중학생 때까지 열심히 다녔다. 성인이 된 후 자연스럽게 발길을 끊었지만. 2021년 삶이 답답해 혼자 있을 공간을 찾아 헤맬 때 내 눈에 들어온 템플스테이! 여름휴가 기간에 맞춰 제주도 여행 겸 템플스테이를 가게 된 것이 첫 시작이었다. 이후 내게 불교라는 종교는 특별함과 평범함을 함께 알려 주는 소중한 곳이 되었다. 모든 디지털 문명에서 벗어나 오프라인의 삶에만 집중하고 싶을 때, 너무 빠른 세상의 속도에 지쳐 있을 때 혼자 사색할 공간. 나는 산으로 간다. 그 공간에서 겪은 인연과 기쁨이 나의 삶을 많이 바꿔 주었기에 틈만 나면 절로 올라간다.

처음 갔었던 제주의 관음사, 약천사를 계기로 그동안 많은 절을 찾았다. 지난 3년 동안 10개가 넘는 절을 경험했다는 게 나조차 믿기지 않는다. 당일 여행으로도 즐기고 템플스테이로 산사에 묵는 경험도 하고 템플스테이 자원봉사로 장기간 살아 보기까지 해 봤다. 그 속에서 얻은 깨달음과 경험들이 지금의 나를 바꿔 놓았기에 글을 쓴다고 했을 때 꼭 써야겠다는 결심을 한 주제이기도 하다. 아침 공양을 마치고 오전 8시쯤 안개 낀 한라산을 올랐다. 관음사 나한전에서 우연히 만난 스님. 내게 기꺼이 당신의 시간을 내어 이야기를 들어 주셨다. 손수 내려 주신 차를 마시면서 긴 대화를 나누었는데 지금도 기억하는 말씀이 있다. "인간은 태어난 것 자체가 가장 큰 고통이다." 이 말을 듣자마자 눈물이 흘렀다. 지금 힘든 나 자신을 위로해 주는 것 같아서 마음이 툭 하고 내려앉았다. 이후로도 이 화두에 대해서 자주 생각하게 됐다. 태어난 것 자체가 가장 큰 고통이기에 지금 삶에서 겪는 모든 것들은 원래 일어날 일들이었고 시간이 흐르면 지나간다는 사실에 감사하다.

작년 추석 템플스테이 자원봉사로 강원도 평창 오대산에 있는 월정사에 7일을 머무르게 되었다. 집에서 떠나 생각해 볼 요량으로 KTX에 몸을 실었다. 택시를 타고 도착한 월정사는 가을비가 촉촉이 내리는 날이었다. 처음 본 사람들과 차를 나눠 마시면서 이야기를 나눴다.

함월당에서 바라보는 창밖은 너무 그림같이 아름다웠다. 월정사에 머무는 내내 함월당 툇마루에 앉아서 사색을 즐겼는데 그때마다 나의 말동무가 되어준 자연! 추석 당일에는 보름달을 보러 툇마루에 앉아 하염없이 하늘만 바라보기도 했다. 월정사는 전나무 숲으로 둘러싸여 있어서 숲 내음, 새소리만 들리는 칠흑 같은 밤의 시간을 가장 사랑했다. 자원봉사는 다양한데 우리가 하는 일은 템플스테이 손님방을 청소, 정리 후 다음 손님을 위해 준비를 하는 것이었다. 어떻게 보면 호텔 메이드 같은 역할이었다고 할까? 오전 6시 반에 일어나 아침 공양을 시작으로 전나무 숲길을 맨발 걷기로 매일 걸었다. 새벽 공기라 발이 시리고 코끝이 찡했다. 일단 걷기 시작하면 발에 느껴지는 감각이 예민해져 온 신경이 발바닥에만 갔다. 오전 9시에 모여서 자원봉사자들과 차를 마시며 빨래를 개키고 다 같이 점심 먹고 흩어졌다가 12시부터 업무를 시작했다. 청소도구를 들고 방과 화장실을 청소하고 세탁기를 돌리며 업무 시간을 보냈다. 보통은 3시면 업무는 끝이 나고 개인 시간이 주어졌다. 나는 주로 걷기를 많이 했다. 전나무 숲길을 맨발 걷기로 하루에 2번 이상 걸을 때도 있었고 오대산 주변으로 난 선재길을 따라서 산책했다. 매일매일 걷는데도 풍광이 달랐으며 노력하니 새로운 것을 찾아내는 놀라운 경험을 했다. 오대산에는 유독 다람쥐가 많았는데 관광객들이 먹이를 줘서인지 스스럼없이 다가와서 평생 볼 다람쥐를 다 보았다. 절 안에서 움직일 때는 집에서 가져간 꽃 그림이 그려진 고무신을 신고 다녔는데 나중에 그 고무신을 신고 상원사까지 등산을 가기도 했다. 이때 같이 간 보살들이 나를 보고 '날다람쥐'라고 별명을 붙여 주었다. 고무신 신고서 산을 너무 잘 탄다고. 같이 간 보살님들은 힘들어서 포기했지만, 난 상원사를 지나 적멸보궁 중대 사자암까지 쏜살같이 올라갔다. 적멸보궁은 부처님의 진신사리를 모셔 놓은 곳을 뜻하는데 우리나라에는 5대 적멸보궁이 있다. 오대산 중대 사자암이 그중 한 곳이다. 그곳에서 내려다보는 풍광은 가슴이 트이다 못해 시원한 바람이 온몸을 휘감아 도는 특별함이 있었다. 특히 기억에 남는 곳은 아침마다 혼자 찾았던 지장암이다. 홀로 앉아 차를 마시며 하루를 시작하기에 좋은 내 아지트였다. 예불을 드리고 공양하고 일을 하고 사색하는 시간이 모두 좋았다. 그중에서도 가장 좋았던 건 좋은 벗들을 만난 것이다. 나이도 성격도 성별도 다른 은주, 은정, 명환 우리 셋은 친구가 되어 속세에서도 연을 이어 가고 있다.

같은 해 12월에는 16일을 축서사에서 겨울을 보내게 되었다. 이때는 자의가 아닌 타의로 가게 되어서 정말 몸과 마음이 무너진 상태였다. 그걸 첫눈에 알아보신 정현 스님!

"은주 씨는 자원봉사를 할 게 아니라 기도해야 하겠네."

"스님 어떻게 아셨어요?"

한동안 울음을 토해 내었다. 큰 스님인 금곡 무여 스님을 친견하게 해 주시고, 자원봉사라고 하기엔 민망할 정도로 일은 최소한으로 시키셨다. 내가 기도하고 마음의 안정을 찾는 데 시간을 쓸 수 있게 많이 배려해 주셨다. 아침마다 모이는 차담 시간이 제일 기다려졌다. 좋은 말씀을 듣고 화두에 대해 생각도 해보고 불교에 대해서 더 깊이 있게 알고 싶다는 생각이 드는 시간이었다. 축서사는 내가 가 본 절 중에 제일 절다운 곳이기도 했다. 봉화 문수산 800m에 자리 잡고 있어 공기가 좋았지만, 택시가 없으면 오지도 가지도 못하는 첩첩산중이었다. 오래 머물다 보니 각 전각의 소임을 맡은 보살님들과도 친해지고 매일 2번 참석하는 예불 시간 속에서 혜성 스님과도 대화를 나눌 수 있었다. 이곳은 명상이 중심인 절이어서 새벽 예불이 3시였다. 있는 동안 한 번도 빠지지 않고 새벽 예불과 저녁 예불에 참석했다. 특히 새벽에 드리는 예불은 절 안의 모든 스님과 보살, 처사님들이 참석하기에 그 성스러움은 경험해 봐야 안다. 예불은 대웅전에서 드렸지만, 그 못지않게 보광전에서 많은 시간을 보냈다. 큰 스님이 내어주신 숙제를 위해 기도하고 108배를 하고 염불하는 고된 시간이기도 했다. 나중에는 무릎이 아파서 절을 하지 못할까 봐 두려워 계단이 아닌 길로 돌아서 다니기도 했다. 그 정도로 내게는 간절했던 시간이었다. 잠을 거의 자지 못했고 이러다 쓰러지겠다 싶은 순간도 있었지만 나는 그렇게 나약한 존재가 아니었다. 기도를 시작한 지 열흘! 갑자기 머릿

속이 선명해졌다. 거짓이구나. 내가 믿고 싶었던 모든 것이 거짓이구나. 스스로 눈과 귀를 막고 있었구나. 그렇게 기도 끝에 개안을 하는 기적을 경험하게 되었다. 남은 시간은 나를 위한 기도를 열심히 드렸다. 축서사에 가지 않았다면 어땠을까? 어떤 인연의 고리가 나를 이곳으로 이끈 것 같다. 나를 살려 주신 정현 스님의 혜안에 감사하다. 축서사는 산책길은 별로 없었지만, 대신에 많은 시간을 스님들과의 대화, 나와의 대화를 통해 내 맘속을 충분히 알 수 있는 시간이었다.

스스로 산에 갔고 인연을 맺으면서 나 자신을 내밀히 들여다보는 시간을 가질 수 있었다. 답은 내 안에 있었는데 그걸 찾지 못하고 헤매다 절과 인연들에서 깨달음을 얻었다. 의도적으로라도 나에게 기쁨의 시간을 선물해 보려는 노력의 산실이었다. 나는 지금 찾은 행복과 인연들에 기쁨으로 충만하다. 7월, 나는 다시 축서사에 간다. 소박하지만 소중한 시간을 나에게 선물하고 싶어서.

이게 바로 예술이지. 일상을 예술로 만드는 방법 2
1박2일 템플스테이를 떠나 보세요. 휴대폰도 끄고 좋아하는 책을 읽으며 뒹굴뒹굴! 맛있는 공양도, 스님과의 차담도 당신을 풍요롭게 해 줄 거예요.

3

우리 같이 산책할래요?

✳

김인혜

    나는 산책을 주기적으로 하는 사람이 아니다. 바람이 좋은 날이나 비 내리는 날 문득 걷고 싶어지면 주변을 어슬렁거릴 뿐이지 일주일에 몇 번 이상 산책해야겠다고 계획하지 않는다. 그런데 얼마 전 같이 산책하고 싶은 사람이 생겼다. 그 생각이 떠오른 순간 바로 "우리 일주일에 한 번씩 같이 산책할래요?"라고 문자를 보냈고 흔쾌히 그러자는 답장을 받았다. 그래서 석 달 전부터 일주일 중 가장 걷기 좋은 날과 시간을 골라 만나고 있다. 보통은 한 시간 반 정도를 같이 걷는다. 우리는 커피 한 잔씩 사 들고 두런두런 이야기를 나누며 느긋하게 걸었다. 처음에는 동네 주변의 산책로를 따라 걷다가 어느 날은 잠실 호수 공원에 나가 보기도 했고, 유난히 맑았던 또 다른 날엔 북한강 주변을 거닐기도 했다. 걸으며 스쳐 지나가는 풍경은 혼자 산책할 때와 달리 약간 흐릿한 배경 같다. 소리로 말을 걸어오는 존재들도 있지만 우리는 서로의 이야기에 푹 빠져 있다. 카페나 실내 공간에서의 만남

과는 전혀 다르다. 산책길에서 만나는 자유로운 소리와 바람과 햇빛이 우리까지 자유롭게 만들어 주기 때문이다. 여유로운 발걸음과 두서없는 이야기들이 눈앞에 나 있는 길을 따라 바로 가기도 하고 꺾이기도 하며 자유롭게 펼쳐진다. 사색을 곁들인 혼자만의 산책도 좋지만, 이렇게 대화와 웃음이 있는 걷기도 즐겁고 유쾌한 일이다.

산책을 마치고 나면 대개 맛있는 것을 먹으러 간다. 한 번은 한 시간 넘게 걷고 나서 허기진 상태로 산책로 근처 보리밥집에 들어갔다. 이런저런 대화를 나누며 밥을 기다리고 있는데 거의 한 시간이 다 되도록 음식이 나오지 않았다. 종업원에게 확인했더니 '아뿔싸!' 우리의 주문만 누락된 것이었다. 뒤늦게 밥이 나왔을 땐 친구도 나도 당이 떨어져 수저를 쥔 손이 살짝 떨릴 정도였는데 우리는 둘 다 화내지 않았다. 아니 나는, 화가 나지 않았다. 그저 맛있게 보리밥과 나물들을 해치웠을 뿐이다. 혼자 있었으면 버럭 화를 냈을지도 모르겠다. 집으로 돌아오는 길에 화가 나지 않은 이유에 대해 잠시 생각해 보았다. 아마도 나는 무의식중에도 친구와 함께 보내는 시간을 망치고 싶지 않았던 것 같다.

혼자 할 때보다 누군가와 함께 할 때, 즐거움과 행복이 배가 되기도 한다. 함께 걷는 것, 함께 대화하는 것, 함께 읽는 것, 함께 맛있는 음식을 먹는 것처럼 함께 시간을 공유하는 할 때만 느낄 수 있는 기쁨들이 있다. 그 기쁨들을 알고 나니 나와 시간과 경험을 공유하는 사람들에게 점점 더 감사한 마음을 갖게 된다. '너의 시간을 나와 함께 나누어 주어 고마워.'라고 진심으로 속삭인다. 그리고 함께하는 그 시간을 더 특별하고 좋은 경험들로 채우고 싶어진다. 혼자 무엇을 계획할 때보다 더 설레고, 함께할 그 시간을 기다리게 된다. 어린 왕자를 기다리며 미리 행복해하던 여우처럼 말이다. 생텍쥐페리의 『어린 왕자』에서 별에 두고 온 장미가 어린 왕자에게 그토록 소중했던 건 그 꽃을 위해 그가 들인 시간 때문이었다. 함께 보낸 시간은 사랑의 다른 이름일 것이다.

일주일에 한 번 초등학교 1학년부터 6학년의 아이들을 만날 기회가 있다. 다니는 교회에 소속된 어린이합창단 친구들이 연습하는 동안 보살피는 일을 담당하고 있다. 사실 합창단 총무 일을 처음 제안받았을 때 이미 맡은 여러 가지 일들이 있어 주저하기도 했다. 그렇지만 곧 마음을 바꾸어, 일주일에 두 시간 정도 나의 시간을 내어 그들에게 도움이 될 수 있다면 할 수 있을 때 하자고 결정했다. 5개월이 지난 지금은 아이들과 함께하는 그 시간이 점점 좋아지고 기대된다. 내 손을 스스럼없이 잡아 오는 작고 보드라운 손, 멀리 지나가던 나를 "선생님!"하고 부르는 짐짓 용기 낸 목소리, 안았을 때 품에 쏙 들어오는 조그만 몸의 온기가 나를 조금씩 변화시킨다. 몇 번의 연습도 지나지 않아 나와 아이들 사이엔 뭔가가 생겼다. 아이들의 신뢰가 담긴 눈빛과 수줍은 듯 해맑은 미소를 보고 있노라면 가슴이 말랑말랑해진다. 6월의 화창한 일요일 오후, 2층 연습실의 넓은 창으로 보이는 파란 하늘과 초록 나뭇잎들이 햇살 같은 아이들의 노랫소리와 어우러진다. 나는 슬쩍 노래를 따라 부르기도 하고 쿡쿡 웃으며, 이 순간을 함께 누릴 수 있어서 감사할 따름이라고 생각한다.

일상에서 내가 기쁘다고 느낄 때가 언제인지 생각해 보니 사람들과 함께할 때였다. 관계를 맺고 같이 시간을 보내면서 그들이 점점 소중해졌다. 예전에는 나 혼자서 누리는 행복을 찾고 몰두했다면 삶의 중반부에 다다른 지금은 함께 누리는 행복도 중요하다는 것을 깨닫는다. 함께하고 같이 누릴 때 더 커지는 즐거움이 있다. 한 번 그 기쁨을 맛보니 잊을 수가 없다. 처음에는 어쩌면 도와준다는 생각으로 시간을 내었지만 도움을 받는 쪽은 오히려 나이다. 나의 하루 중 떼어 건넨 작은 시간의 조각이 그들의 시간과 만나 화학작용을 일으키고 큰 기쁨으로 되돌아온다. 마치 팝콘 기계에 들어간 시간의 조각들이 여러 빛깔의 팝콘으로 펑 하고 주변에 흩뿌려지는 것 같다. 20대 시절엔 이유 모를 외로움과 공허함에 힘들어하기도 했었는데 지금은 알 것 같다. 사람은 같이 있어야 온전해진다는 것을, 그렇게 태어났다는 것을. 우리말의 '사람'과 '삶'과 '사랑'이란 말은 신기하게도 참 많이 닮았다. 사람이 삶을 산다는 건 함께 시간을 나누며 누군가의 친구가 되고 삶의 동반자가 되어 사랑하게 되는 일, 바로 그것일까.

다소 우울감이 있었던 친구는 점점 밝아지고 있다. 자기가 이렇게 잘 웃고 이야기할 수 있는 사람이란 걸 잊고 살았었다고, 비로소 예전의 원래 모습을 찾아가고 있다고 했다. 같이 산책하자고 용기 내어 말해 보길 잘했다고 생각했다. 우리가 함께하는 산책이, 나와 너의 일상에 조그만 기쁨이 될 수 있어서 좋다. 함께하는 이런 작은 기쁨들의 목록을 늘려 가다 보면 잠시 찾아왔던 이름 모를 우울도 불안도 서서히 안개 걷히듯 사라져 갈 거라고 믿는다. 같이 웃을 수 있고, 같은 길을 걸을 수 있고, 같은 노래를 들을 수 있고, 같이 손을 맞잡을 수 있어서 행복한 요즘이다. 행복은 내 곁에 있는 사람들과 잘 지내는 곳에 존재한다. 가까운 사람들과 더 가까워질 때 행복은 함께 쓰는 사랑 이야기가 되어 간다. 내가 쓰는 사랑 이야기가 더 깊고 아름다워지기를, 그 이야기 속에 등장하는 사람들이 모두 더 많이 웃을 수 있기를, 다음 주의 산책 코스를 떠올리며 소망해 본다.

이게 바로 예술이지. 일상을 예술로 만드는 방법 3

마음 맞는 벗과 함께 동네 산책 지도를 그려 보세요. 산책길을 따라 걸으며
예쁜 카페나 작은 서점에 들러도 보고, 나무 그늘이 있는 벤치에 앉아 잠깐
휴식도 취해요. 봄에는 어느 벚꽃길이 제일 예쁠지, 가을 낙엽길은 어디가
제일 바스락거릴지, 함께 걷는 길의 계절도 탐색해 보세요.

4

면허증을 신분증으로만
사용하는 그대에게

✳

류제영

앞집 리사(Lisa)가 피곤해 보인다. 내가 아이들을 데리러 가겠다고 했다.

"오브 코스(Of course)." 미안해하는 리사에게 말했다. 리사 딸과 우리 아들은 같은 학교 같은 반이다. 우리는 스쿨버스를 태우지 않고 번갈아 가며 아이들을 학교에 데려다준다. 어제 오후엔 내가 했으니 오늘은 앞집 리사(Lisa) 차례인데 퀭한 눈 밑으로 그늘이 진 게 여간 힘들어 보이는 게 아니다. 나 또한 점심 먹은 후 나른함으로 졸음이 살짝 쏟아져 의자에 앉아 잠시 눈을 붙이고 싶었지만, 운전을 할 수 있어 다행이라는 생각으로 마음을 다독이고 기쁘게 집을 나섰다. 바로 얼마 전이라면 내가 운전해서 누굴 픽업한다는 건 상상도 할 수 없는 일이었다. 난 소위 장롱면허의 대표 주자였다. 그것도 장장 18년 동안이나 묵혀 두고 면허증을 신분증으로만 사용하던 운전 포기자.

"어머, 실장님은 한 손엔 커피 들고 한 손으로는 운전대 잡고 핸들링 하게 생겼어요."

운전도 못 하고 커피도 안 마시는 내가 의외라는 듯 친하게 지내는 고객 한 분이 깜짝 놀란다. 커피 안 마시는 건 그렇다 쳐도 부동산 실장이 운전을 못 하는 건 좀 그렇긴 하다. 더욱이 고객이랑 집을 보러 다녀야 하는데, 번번이 사장님을 운전기사로 쓰든지 아니면 중국 택시인 디디를 이용하거나 혹은 손님 차를 이용했으니 내 성격을 파악하고 있는 손님이 놀랄 만도 하다. 뭐 하나 사소한 것도 내 손으로 해야 직성이 풀려 고객 집 커튼까지도 일일이 골라서 세팅하는 까다롭기 그지없는 류 실장이 남들 다하는 운전을 못 해 뚜벅이 신세라니 암만 생각해도 나도 놀랍다.

군이 소심한 핑계를 대 보자면 유학생 부인이라 자전거만 타고 다녔노라고 항변을 해 보지만, 몇 년 전에 차를 샀으니 변명할 수도 없다. 면허 따는 과정에서부터 자의가 아니라 남편의 반강요에 의해 시작했기 때문에 운전할 마음이 없었던 것 같다. 사실 이것도 핑계다. 자의건 타의건 면허를 땄으면 운전할 줄 알아야 당연하지 않은가. 군이 유전자 쪽 핑계를 대 보자면 아빠 탓도 있다. 내가 태어났을 땐 이미 공무원이었던 아빠가 총각 때 잠깐 택시 운전을 했다고 한다. 기사를 두고 "오라이!" 하던 시절, 아빠는 시작한 지 1년 만에 택시를 다 망가뜨리고 그만두었다. 이런 아빠의 열성 유전자가 몸속에 숨어있다가 나한테 전이가 된 것인지 희한하게도 난 어렸을 때부터 차가 무서웠다. 그러더니 기어이 힘들게 면허를 따 놓고도 운전대만 잡으면 한없이 작아졌다. 웬만하면 주눅이란 것이 뭔지 모르고 살던 내가 운전석에만 앉으면 갑자기 소심하게 '뭐부터 시작해야 해?'를 반복했다. 길치, 몸치, 음치 등 뭐에 약한 사람들을 많이 봐왔지만 차치도 있었던가? 멀쩡한 정신으로 반듯한 고속도로에서 중앙선을 넘어 비뚤배뚤 가기란 참 쉽지 않은데 내 눈에는 차만 움직이는 게 아니라 중앙선도 같이 움직이는 것처럼 착시현상이 일어났다. 이런 내 한심한 꼴을 참다못한 남편은 나에게서 운전대를 도로 가져갔다.

"당신 운전면허증은 나라에 다시 반납하자. 이렇게 하다가 여럿 다치겠어."

운전을 처음 배우던 그때로 돌아가 생각하면 첫 단추부터 잘 못 끼웠다. 도봉면허시험장에서 필기시험을 한 번에 합격하고 밖을 나서는데 어떤 아저씨가 다가와 전단지 한 장을 건넸다.

"40만 원으로 운전면허 딸 때까지 책임 지도해 드립니다." 운전면허 학원보다 저렴하게 운전을 가르쳐 준다는 광고였다. 원래 계획은 운전면허 학원으로 등록해 좀 쉽게 면허를 따는 거였는데 40이라는 숫자를 보니 갑자기 마음이 변덕을 부렸다. 솔깃했다. 운전면허 학원은

60만 원 넘던 시절이니 20만 원 넘게 차이가 났다. 지금 생각하면 고작 20 몇만 원을 아끼겠다고 잘못 선택했나 싶지만 20대 젊은 혈기엔 저렴한 운전 연수를 선택하는 게 탁월한 선택이다 싶었다. 훗날 어떤 고난이 펼쳐질지 전혀 짐작 못 하고 말이다. 바로 운전 연습에 들어갔다.

"2종으로 하실 거죠?"

"아뇨, 1종으로 딸 거예요."

먼 훗날 일어나지도 않을 '트럭 몰고 과일 장사라도 해야 할지 모르니까'라는 막연한 생각만으로 1종 면허에 도전했다. '기왕 따는 거 까이꺼' 하면서. 당시 쌍문동에서 살던 난 의정부 외곽까지 운전을 배우러 다녔다. 기아 넣는 것은 배워도 맨날 처음처럼 새로웠다. 내 운전 솜씨를 탓하기에 앞서 덜덜거리고 청소가 안 되어 있는 트럭으로 배우기 싫다고 투덜거렸다. 희한하게 운전을 배우러 갈 시간만 되면 배가 아팠다. 살면서 뭘 배우러 가는 길에 배까지 아팠던 건 처음이었다.

운전이 적성에 안 맞는구나 싶었다. 그러면서 한 편으로 '난 기사를 두고 살 팔자인가 보다.'라며 말도 안 되는 거만으로 위안 삼았다. 울며 겨자먹기식으로 겨우 기아 작동법을 익히고 T자와 U자, S자 그리고 평행 주차까지, 몇 날 며칠 연습하고 나서 시험을 쳤다. 트럭에 앉은 지 얼마 안 됐는데 "불합격입니다. 내려와 주세요."라는 말이 들렸다. 기계는 정직했다. 그렇게 두 번, 세 번, 네 번……

불합격의 안내 방송을 받으면서 인지대를 모아 갔다. 인지대가 하나 더 추가될 때마다 내 절망감도 쌓여갔다. 할 수만 있다면 인지대 없이 시험을 보고 싶었다. 칠전팔기의 정신으로 도전하라고 했던가? 하지만 이미 기능에서만 아홉 번을 떨어졌다.

"참 징하네요. 아홉 번이나 떨어지고. 그냥 2종 보시지 왜 1종을 딴다고 사서 고생한대요?"

운전을 가르쳐주던 선생님 눈에도 내가 한심해 보였을 터였다.

구전십기! 제발 마지막이었으면 하는 심정으로 열 번째 시험에 도전했다. 애초부터 여러 핑계를 대며 하기 싫었던 내 마음 따윈 이미 사라진 지 오래였다. 그저 꼭 붙어야 한다는 기도를 백 번은 한 것 같다. 드디어 도전 열 번 만에 기능 시험에서 붙었다. 합격의 설렘은 정말 잠시 누릴 수 있었다. 기능 다음으로 도로 주행 시험이 기다리고 있으니. 너무 오래전 일이라 도로 주행 연수를 몇 번 받고 시험에 응시했는지는 기억나지 않는다. 다만 주행 시험에서도 세 번이나 떨어졌고, 세 번째 떨어졌을 때는 시험관이 옆에 있음에도 불구하고 펑펑 울었던 기억만 난다. 더 이상 가르쳐주던 선생님을 힘들게 하는 것도 미안하고 끝까지 버티리라던 내 오기도 무너져 결국 돈을 더 들여 운전면허 학원으로 발길을 돌렸다. 거의 30만 원이 더 들었다. 애초부터 학원으로 갔으면 좋았을 걸 돈 아끼겠다고 했다가 더 큰 돈과 아홉 번이나 떨어진 기이한 이력들만 나에게 남았다.

차에 대한 무심하고 둔한 감각은 말레이시아로 이주하고 나서야 사라졌다. 중국에선 디디를 부르면 몇 분 안에 도착했는데 동남아시아 그랩은 한 번 부르면 한참 걸렸다. 그리 급할 게 없는데도 '빨리'라는 내 성격 때문에 기다리지 못했다. '차라리 내가 운전하자.' 싶어 운전 연수를 다시 받았다. 섬나라 국가 특징인 오른쪽 핸들링은 문제 되지 않았다. 어차피 초보한테는 오른쪽, 왼쪽 다 같은 처지니까.

운전을 다시 시작한 지 몇 년이 된 지금은 원하는 곳은 어디든 다닌다. 긴 시간 운전을 해도 어깨가 안 아픈 걸 보면 체질인가 보다 싶다. 직접 운전을 하니 남편이나 다른 사람에게 아쉬운 소리 안 하고 때로는 다른 사람까지 도울 기동력도 생기니 내게 또 다른 형태의 자유가 늘어난 듯하다. 이렇게 운전 하나로 풍요로운 삶을 누릴 수 있다는 걸 그 전엔 전혀 상상도 못 했다. 왜 이제야 운전을 시작했는지 아쉽기도 하지만 이제라도 하게 되어 정말 기쁘다. 인생에서 '무엇을 시작하는 때'라는 건 없다. 언제든 내가 진정 원해서, 정말 간절히 원할 때 시작하면 그걸 누리는 행복은 훨씬 큰 것 같다. 그리고 그걸 누리는 현재의 일상이 진정 감사할 따름이다.

이게 바로 예술이지. 일상을 예술로 만드는 방법 4

혼자 운전하는 차 안을 나만의 공간으로 만들어 보세요. 좋아하는 음악을
USB에 담아 기분에 따라 골라 들어 보시면 어떨까요? 슬플 땐 아그네스 발
차(Agnes Baltsa)의 <To Treno Fevgi Stis Okto(기차는 8시에 떠나네)>를
들으며 맘껏 울어 보는 것도 추천합니다.

5

작약꽃으로 대접하다

✳

신유진

"꽃시장 갈래요?"

시청역 근처 회사에 근무할 때 금요일이면 남대문 방향으로 걸어가 점심을 먹었다. 꽃시장을 가기 위해.

"관심 없지만, 그냥 구경삼아 갈게요."

"우리 와이프 꽃 싫어해요. 선물하면 돈으로 달라고 할걸요."

여직원, 남직원 반응도 제각각이었다. 밥 먹었으니 관심 없는 사람들도 소화 시킬 겸 따라나선다. 구경하다 내가 먼저 사면 같은 것을 산다. 빈손으로 나온 직원에게 퇴근 무렵 두세 송이 포장해서 선물했다. 꽃 들고 가는 것이 쑥스러운 남직원에게는 쇼핑백에 쏙 넣어 건넸다.

"딸내미한테 선물하세요."

딸에게 선물했더니 와이프가 더 좋아했다며 종종 꽃시장에 같이 가겠다고 한다.

회사 다닐 때는 점심시간에 다녀왔지만, 일부러 시간을 내서 가는 건 오랜만이다. 내일 만날 친구들에게 꽃을 선물할 예정이다. 다행히 버스를 많이 기다리지 않았다. 한낮의 햇살은 머리 꼭대기에서 비추고 있었다. 꼬불꼬불 워커힐 길을 지나 광나루역에서 내렸다. 출근할 때는 밀리는 차 안에서 늦을까 봐 애태웠는데, 평일 낮 한강 따라 달리는 길은 여유로웠다. 동대문역사문화공원역에서 4호선으로 갈아타고 회현역에 내려 5번 출구로 나갔다. 나온 길로 100m쯤 걸어가면 '남대문 꽃 도매 상가' 간판이 보인다. 3층으로 올라가는 길 꽃향기가 걸음을 재촉한다. 와! 문을 여는 순간 화려한 꽃 색깔에 탄성이 나온다. 처음 한 바퀴는 눈으로 즐기며 살 것을 점찍어 놓는다. 한 송이가 내 주먹만 한 분홍색 작약, 고흐의 해바라기, 순백의 카라, 나비가 앉은 듯한 알스트로메리아, 한 송이만 사도 충분할 것 같은 얼굴 큰 수국, 향이 시원한 초록의 유칼립투스. 보기만 해도 힐링이 된다. 단골 가게는 일부러 고개를 돌리고 슬쩍 지나친다. 사장님과 눈 마주치고 인사하면 거기서 사야 할 것만 같아서다. 이제 꽃을 사야지. 늘 가던 '청춘 꽃 밴드' 가게로 간다. 회사를 그만둬서 자주 오지 못한 이유를 사장님과 이야기하고 작약 네 단과 미니장미 한 단을 샀다. 신문지로 둘둘 만 꽃 뭉치를 들고 갔던 길을 되돌아 집으로 왔다.

이번 달 장석주 시인의 『가만히 웃고 싶은 오후』 산문을 책 친구들과 함께 읽으며 문장 수집을 하고 있다. 시인은 시골집 마당에 작약을 심었나 보다. 작약꽃을 책에서 자주 언급했다. 시인의 마당에 핀 꽃이 상상되었다. 깊은숨을 들이마시면 꽃향기가 몸 안 가득 들어오는 것 같다. 책을 함께 읽은 친구들을 우리 동네 호수공원으로 초대했다. 5월의 장미와 신록이 우거진 숲을 함께 거닐려고. 책에서 본 작약의 아름다움도 나누고 싶어 꽃 시장에 다녀온 것이다. 꽃을 다듬고 줄기를 사선으로 잘라 화병 두 군데에 꽂아 두었다. 우리 집에 둘 꽃은 세 송이 골랐다. 제일 상태 좋지 않은 것으로. 선물할 꽃은 다음날까지 피지 못하도록 신문지를 덮어 빛을 차단해 두었다. 산책 후 친구들과 우리 집으로 왔다. 차린 음식은 없었지만, 작약꽃으로 대접했다. 식탁에 둘러앉아 포장하는 것을 보여 주고 집에 가서 관리하는 요령을 알려 주었다. 꽃 수업을 하는 것처럼. 남편에게 받는 꽃보다 내가 주는 꽃이 더 예쁘다 했고, 향기가 좋아 작약꽃 향수가 있었으면 좋겠다고 했다. 덥고 힘들었지만, 좋아하는 모습을 보니 꽃 시장에 다녀오길 잘했다. 내 안에도 몽글몽글 행복의 감정이 돌았다. 모두가 돌아간 뒤, 작은 다발 하나 더 포장해서 요가 가는 길 요가 선생님께 드렸다. 화려하게 그득하던 꽃은 단출해졌다.

꽃 시장을 다녀온 날이면 작은 꽃다발 몇 개 포장해서 밤마실을 나간다. 이웃에게 꽃 배달을 간다. 집에 있는지 확인하지 않고 집 앞에서 톡을 한다. 부재중인 친구 집에는 문고리에 꽃을 걸어 두었다. 아이가 친구 집에 놀러 가면 손에 꽃을 들려 보낸다. 학원비 결제하러 갈 때 한 송이 들고 가서 데스크 실장님께 드린다. 우리 집에 과외 선생님이 오면 한 송이 포장해서 선물한다. 엘리베이터 앞에서 이웃을 만나면 잠깐 기다리라 하고 남은 꽃마저 드린다. 꽃을 보면 내가 생각난다고 한다. 세상에 많고 많은 것 중에 꽃으로 나를 기억해 주다니. 평생 처음으로 꽃을 받아 보았다고, 남편에게 상처받은 마음, 뜻밖에 받은 꽃으로 화가 누그러들었다고, 마시지 않던 커피를 집에서 우아하게 마셨다고. 감사의 메시지와 함께 인증샷도 톡으로 보내 준다. 집 안의 지저분한 것들 밀어 놓고 식탁 한편에 꽃과 커피잔이 있는 사진을 보면 미소가 머금어진다. 내 작은 나눔이 누군가의 일상에 활력이 되고 위안이 된다니.

꽃을 쓰레기로 취급하던 때가 있었다. 서른 살쯤, 결혼하고 얼마 지나지 않아서. 회사도 그만두고 준비 없이 꽃 가게를 차리고, 뒤늦게 전문적으로 배우기 위해 화예디자인 대학원에 진학했다. 실기 수업으로 작품이 넘쳐났다. 꽃에 치이던 시절이었다. 낮에는 가게에서 저녁에는 학교에서 꽃을 다듬고 정리하고 작품 만들고. 점점 지쳐 갔다. 꽃이 싫어졌다. 그때 나는 꽃을 좋아하기는 했던 걸까? 호텔의 꽃장식, 결혼식장의 꽃장식, 와인 파티의 꽃장식. 화려한 삶의 한 장면만 보고 꽃의 예쁜 속성만을 좋아한 건 아닌지. 졸업하지 않았고 꽃 가게도 정리했다. 내가 있던 IT 업계로 1년 만에 돌아갔다. 그동안 꽃은 잊고 살았다. 꽃 시장 근처의 회사에 다니면서 조금씩 다시 꽃을 집에 사들였다. 이제 예술이라는 이름으로 작품은 만들지 않는다. 사 온 꽃을 정리하고 잼을 다 먹고 씻어 놓은 유리병에 툭 꽂아 둔다. 그걸로 충분하다. 꽃이 식탁에 있으면 예쁜 그릇을 꺼내 밥을 차리고 가족들에게 좀 더 너그러워진다. 꽃의 마법이다. 한두 송이 소박한 꽃을 앞에 두고 잠시 숨 고르며 일상의 공백을 느껴 본다. 책도 보고 커피 한 잔 마시며 못난 마음 다스린다. 내가 그렇듯 내 이웃도 잠시 평온한 마음 가질 수 있기를. 꽃의 화려함을 바라볼 때 알지 못한 것을 이제 느낀다. 예전의 나는 내가 꽃이 되고 싶었다. 누군가에게 행복을 주기 위해 하는 일이었는데 그것을 즐기지 못했다. 지금, 나누며 기뻐하는 내가 꽃처럼 예쁜 삶을 살고 있다.

며칠 후, 시든 꽃을 정리하니 한 송이가 아슬아슬 생명을 유지하고 있었다. 그걸 보고 있으니 선물한 꽃들의 안부가 궁금했다. 크고 화려하다고 기쁨을 주는 건 아니다. 단 한 송이 꽃을 보며 잠시 마음 주고 위안이 되었으면. 마음 담아 보낸 꽃들은 우리 집 것보다 더 오래 버텨 주었기를.

이게 바로 예술이지. 일상을 예술로 만드는 방법 5

아무 날도 아닌 날 이웃에게 내가 가진 것을 선물해 보세요. 이왕이면 줄곧
같은 것으로요. 예를 들면 봄에 쪽파김치를 담가 나눈다든가, 가을에 국화
한 다발 사서 한 송이씩 나눠 보세요. 한 번 두 번 쌓이면 그 계절 나를 생각
해 주는 친구가 있을 거예요.

6

벼리, 원이, 랑이의 집사랍니다

✳

희경

어디선가 "쌕쌕…, 쌕쌕…, 쌕쌕…." 소리가 들렸다. 무슨 소리인가 싶어 한참 방 안을 두리번거리다가 옷장 안에서 동그랗게 몸을 말고 잠을 자는 벼리 녀석을 발견했다.

조용조용 큰아이를 불렀다.

"잘 들어봐, 무슨 소리 나지?"

큰아이가 눈을 동그랗게 뜨고 묻는다.

"이거 벼리 소리야?"

"응. 벼리가 가끔 저렇게 코를 곤다. 사람이 코 고는 것 같지."

"정말 그렇네. 흐흐. 아이고, 귀여워. 깨우고 싶다."

"안돼, 내버려둬. 어젯밤 내내 우다다 했단 말이야. 막 날아다녔어."

"정말? 엄마 잠 못 잤겠다."

자기 얘기를 하는 걸 모르는 벼리는 계속 "쌕쌕." 소리를 내며 단잠을 잔다.

우리는 4명의 인간과 3마리의 고양이가 함께 사는 대가족이다. 지금은 8살이 된 벼리를 큰애 초등학교 친구네에서 입양해 온 것이 처음이었다. 벼리가 외롭지 않을까? 하는 '인간의 생각'으로 둘째 원이도 입양했다. '고양이는 한 마리만은 못 키운다.'라는 낭설에 기대어 둘째까지는 책임져 보자 마음먹었다. 두 아이에게 똥도 치우고, 밥 주고, 물 갈아 주고, 털 빗겨 주는 역할을 맡겼다. 아이들은 자신의 역할을 충실히 해냈고, 고양이들과 사이좋게 지냈다. 애교 많고 붙임성 좋은 벼리, 새침한 원이와 함께 눈 뜨고 잠드는 나날이었다. 가끔 고양이 입양처를 찾는 동네 사람을 만나면 '셋째도?' 하는 생각이 들곤 했지만, 마음을 단단히 먹었다. 아이들에게도 '우리에게 세 번째 고양이는 없다.'라는 선포까지 했다. 하지만, 고양이와의 인연은 마음대로 되지 않는다. 오죽하면 '고양이가 집사를 선택한다.'라는 말이 있을까.

셋째 고양이와의 인연은 중학생이던 큰아이가 자원봉사를 했던 유기견 보호센터에서 시작되었다. 센터 문 앞에 태어난 지 한 달도 안된 듯 보이는, 죽기 직전의 아기 고양이가 버려져 있었다. 센터의 선생님들은 이 고양이에게 '호랑이'라는 이름을 지어주고 살뜰히 보살펴서 살려냈다. 검정 줄무늬 때문에 그렇게 지었다고 했지만, 호랑이처럼 튼튼하고 강하게 살라고 붙여 준 이름 같았다. 큰아이는 봉사를 다녀올 때마다 '호랑이'에 대해 말했다. 힘없이 누워만 있는 '호랑이'가

불쌍하다고 했다가, 얼마 지나니 빨빨거리며 돌아다닌다고, 아주 건강해졌다고 했다. 유기견만 전문으로 보호하는 센터에서 '호랑이'를 언제까지 돌봐줄 수 있을지 걱정하는 큰아이의 마음이 느껴졌지만, 모르는 척했다. 우리 아니어도 누군가가 데리고 가겠지, 생각했다. 하지만 아이가 찍어 온 '호랑이'의 사진을 보는 순간, 나의 결심은 무너졌다. '호랑이'는 너무 작았다. 먹는 만큼 자라지 않는다는 이야기를 들으니 마음이 더 아팠다. 우리가 이 작은 아이를 입양하면 안전하게 보살펴 줄 수 있지 않을까. 그렇게 '호랑이'는 우리 가족이 되었다. '호랑이'를 데려오던 날, 센터 선생님이 말했다. "애는 스스로 살아남은 거예요. 센터에 성묘용 사료밖에 없어서 그걸 줬는데, 젖도 못 뗀 녀석이 먹더라고요." 살아남은 '호랑이'는 우리 집에 와서 '랑이'가 되었고, 자기를 알아봐 준 큰아이의 껌딱지가 되었다. 랑이는 4살이 된 지금도 작다.

우리 가족은 고양이가 무엇을 하고 있는지 알려 주기 위해 서로를 부른다. 둘째 아이는 고양이들이 몰려와 수학 문제집을 깔고 앉는 바람에 공부를 못 하겠다고 부르고, 큰아이는 이불 속에 숨어있는 랑이를 찾아보라며 나를 부른다. 고양이들이 장난치듯이 싸우면 주위에 둘러앉아 구경하며 함께 웃는다. 고양이 때문에 발생한 사건, 사고에 관해 얘기하면서 함께 웃는 이 시간은 그 무엇과도 바꿀 수 없다. 행복은 멀리 있지 않다. 몸을 동그랗게 말고 편안하게 잠자던 뚱뚱보 벼리가 기지개를 쭉 켤 때, 새침데기 원이가 집사의 쓰다듬는 손길에 '고로롱고로롱' 소리를 내며 눈을 감을 때, 스스로 살아남은 작디작은 랑이가 덩치 큰 벼리와 신나게 뛰어놀 때, "엄마, 이것 좀 봐."하면서 아이들이 나를 부를 때, 그 순간순간에 행복이 있다. 4명의 인간과 3마리의 고양이가 어울렁더울렁 어울려 살면서 기쁨을 만끽한다.

벼리가 내 의자에서 잠드는 바람에 의자 끝에 아슬아슬하게 걸터앉은 채 필사한 적이 있다. 아무리 일어나라고 깨워도 꿈적도 하지 않는 벼리의 몸에 내 엉덩이를 딱 붙이고 글씨를 썼다. 다른 의자를 사용해도 됐을 텐데, 나도 벼리 옆에 있고 싶어 엉거주춤한 자세로 펜을 들었다. 우연히도 이날 필사한 책은 『어린 왕자』. 어린 왕자가 별에 두고 온 장미꽃에 대해 여우와 대화하는 부분이었다. 유명한 대목이고 전에도 자주 읽었던 부분이다. 벼리 때문에 불편한 자세로 필사하다 보니 알게 되었다. 어린 왕자가 그의 장미꽃이기 때문에 불평을 들어 주고 허영을 참아 주며 시간을 쌓은 것처럼 우리 가족도 우리 고양이이기에 기꺼이 힘듦을 감수했음을. 고양이와 사는 것은 굴러다니는 털뭉치와 냄새, 화장실에서 튄 모래와 함께하는 삶이다. 밤새 뛰어다니는 고양이 때문에 잠을 설쳐도 그러려니 했고, 헤어볼을 토하면 후다닥 달려가서 모르는 척하면서 닦아 주었다. 부엌 바닥에 흩뿌려져 있는 생선 가시를 발견한 날은 고양이 중 누군가가 탈이 나지 않았을까 걱정했고, 식탁을 잘 치워 두지 않은 자신을 탓했다. 불러도 오지 않는 무심한 고양이들에게 서운해하기보다 '이것이 고양이의 매력'이라 생각해 주고, 자신들이 필요해서 집사를 찾을 때 마음껏 쓰다듬어 주었다. 인간의 세계도 그렇듯 인간과 반려동물 사이에도 일방의 관계는 없다. 고양이가 우리 가족에게 기쁨을 주는 만큼, 우리도 고양이에게 시간을 내어 몸을 움직이고 정성을 쏟았다. 그리하여 지금 일상의 행복을 만들 수 있었다. 주변은 아랑곳하지 않고 태평하게 늘어져 잠자는 고양이들을 위해 나는 오늘도 충실히 집사의 역할을 자청한다.

우리에게 기쁨을 주는 고마운 벼리, 원이, 랑이를 위하여.

이게 바로 예술이지. 일상을 예술로 만드는 방법 6

무언가에 마음을 내어 보세요. 반려동물, 반려식물이 아니라도 괜찮아요. 머그잔, 그릇, 작은 인형도 좋고, 출퇴근 길을 오가면서 매일 보는 나무 한 그루도 좋아요. 이름을 붙이고 마음을 담아 말을 걸어 주는 거예요. "○○아, 오늘 하루는 어떻게 보냈니."하고요.

7

그래서 산에 갑니다

✳

이숙희

이른 새벽 산에 오르는 것을 좋아한다. 해가 뜰 무렵 정상에 올라 붉은 하늘을 보고 있으면 '오늘도 활기찬 하루를 시작할 수 있겠다, 좋아하는 취미가 있다는 건 삶을 참 행복하게 하는구나.' 하는 생각이 들면서 내 안에 생기가 생겨나는 기분이 든다. 처음에는 코끝에 닿는 새벽 산의 상쾌함이 좋아 혼자서도 충분히 설레고 즐거웠지만, 시간이 좀 지나니 함께 가는 사람이 있었으면 좋겠다는 생각이 들었다. 산 정상에서 자주 '가마지천 워킹클럽' 회원들을 만났다. 웃고 대화하는 모습이 늘 부러웠다. 지금 나는 2년째 매주 주말 새벽 6시 30분, 특별한 일이 없는 한 가현산에 가고 있다. 워킹클럽 회원이 된 것이다. 고정 회원만 10여 명. 나이도 직업도 성격도 다르지만, 그저 산이 좋아서 모인 사람들이다. 퇴직 후 바리스타 과정을 이수한 남자 회원은 매번 빼놓지 않고 커피를 챙겨 오신다. 그분 덕분에 예가체프, 에티오피아, 케냐 등 커피도 종류가 다양하고 로스팅에 따라 맛이 다르다는 것을 알게 되었다. 에스프레소 기계로 내린 커피보다 핸드드립 커피가 원두 본연의 풍미를 느낄 수 있다는 것도. 산 정상에서 마시는 핸드드립 커피 맛은 어디서도 맛볼 수 없는 진한 감동이 있다. 솔직히 그 맛이 생각나서 산에 가는 날도 많았다. 최근 신입 여성 회원이 합류했는데 이 동네로 이사 온 지 6년 만에 동네 뒷산이 있다는 걸 처음 알았다고 한다. 뒤늦게 등산의 매력에 빠져 한 번도 빠지지 않고 나오는데, 매번 자기 집 냉장고를 털어 오듯 가방 가득 먹을 것을 챙겨 온다. 산 위에서 커피와 간식을 나눠 먹으며 이야기를 나누다 보면 7성급 호텔 뷔페가 별건가 하는 생각이 든다. 일어나는 게 힘들지만 일단 집을 나서기만 하면 하루의 시작이 달라진다.

원래 등산에 대해선 문외한이었다. 사실 어차피 내려올 거 왜 올라가는지 이해를 못 했다. 내가 다녔던 중학교는 졸업 여행으로 항상 소백산 등반을 한다. 1,439m 높이의 소백산 등반을 통해 자신감을 갖게 하는 것이 학교의 뜻이었다. 산이라고 오른 것은 부모님이 운영하시는 과수원에 가는 게 전부였던 나는 도전도 좋고 의미도 좋지만 왜 하필 졸업 여행을 산으로 가냐고 투덜거렸다. 그것도 겨울 설산을 말이다. 나를 포함해 산행 경험이 없고 체력이 약한 친구들이 선발대로 출발했지만, 뒤따라오던 친구들의 추월로 결국 꼴찌로 비로봉 비석 앞에 섰다. 몇 번이고 포기할 뻔했던 힘든 산행이었다. 산에 오르던 과정은 희미해지고 온통 춥고 힘들었던 기억뿐이다. 그렇게 산과는 무관하게 지내던 20대 초반의 어느 날 같은 과 친구가 소백산에 가 보고 싶다고 했다.

"너희 집 근처니까 부모님도 뵐 겸 가 보자."

살짝 망설여지긴 했지만, 다시 도전해 보고 싶은 마음도 있었다. 몹시 뜨거웠던 어느 날 친구와 다시 소백산 등반에 도전했다. 여전히 힘들었지만, 비로봉에서 내려다본 풍경은 아직도 사진처럼 선명하게 남아 있다. 산의 푸르름 사이 떠 있는 하얀 구름의 모습.

'이래서 사람들이 산에 오는구나!' 자신감이 좀 붙었다고 산행 좀 한다는 사람들은 한 번쯤 가 봤다는 설악산에 도전해 보고 싶은 욕심이 생겼다. 둥근 바위가 절벽 끝에 위태롭게 선 모습이 꽤 인상적이라는 흔들바위를 나도 보고 싶었다. 설악산 소공원 주차장에서 흔들바위까지 약 3km. 얼굴이 창백해지고 숨은 턱까지 차올랐다. 반이나 왔을까 내려오던 사람마다 나에게 한마디씩 했다.

"아이고, 아가씨. 이래서 흔들바위까지는 가겠어?"

꼭 가고 말리라 오기가 생기는 게 아니라 차라리 반가웠다. 다들 그렇게 말하니 '흔들바위까지 가는 게 꽤 힘든 일이구나. 괜히 갔다가 고생하지 말자는 것'으로 결론이 났다. 깨끗하게 손을 들었다. 그렇게 산과 마주하는 일은 절대 없으리라 다짐했었다.

5년 전 어느 날이었다. 어느덧 마흔, 문득 이제 건강을 챙길 나이라는 생각이 들었다. 운동이라고는 숨쉬기가 전부였던 내가 이른 새벽 집을 나서서 한 시간 정도 근처 공원을 걷기 시작했다. 눈이 와도 비가 와도 꼬박 1년을 매일 걸었다. 처음엔 좀 더 자고 싶을 때도 있었고, 옷을 다 입고도 도로 눕고 싶을 때가 있었다. 그렇게 운동이 습관이 될 무렵, 겨울 한파가 찾아왔다.

"오늘은 20년 만에 가장 낮은 기온을 기록했습니다."

TV에서 체감 온도가 영하 20도로 20년 만에 가장 추운 날이라고 알려 주던 그날, 두툼한 옷도 소용없었던 추위를 경험하고 나니 자꾸 운동을 안 해야 할 핑계를 찾게 됐고, 운동은 뒷전으로 밀려났다. 그 후로 한참이 지나서야 다시 신발을 신고 집을 나설 수 있었다. '이번엔 산으로 한 번 가 볼까?'

"어머, 벌써 새순이 돋았네요."
"산에 거미줄이 이렇게 많았어요? 비가 온 후라 더 잘 보이네."

계절의 변화를 예민하게 느끼게 된 건 산에 함께 오르는 사람들 덕분이다. 함께 산에 오르는 동안 우리는 봄엔 휑하던 가지마다 새순이 올라오는 신비로움을, 여름엔 짙은 푸르름을, 가을엔 곱게 물든 낙엽과 시원한 바람을, 겨울엔 투명한 냉기가 주는 묘한 쾌감을 이야기하곤 한다.

"텃밭에 열무가 엄청 많이 자랐던데 좀 나눠 드릴게요."
"네! 주시면 제가 물김치 해서 조금씩 드릴게요."

소소하지만 진솔한 대화를 나누며 서로 조금씩 알아 가는 시간이 참 좋다. 토요일, 일요일 새벽 6시 30분. 내겐 기쁨이 시작되는 시간이다.

이게 바로 예술이지. 일상을 예술로 만드는 방법 7

'나도 운동 좀 해야 하는데.' 생각만 하고 있나요? 일단 신발부터 신고 밖으로 나가 보세요. 생각보다 많은 사람이 운동하고 있다는 사실에 놀라게 될걸요? 혼자 하는 게 망설여진다면 마음에 드는 모임에 가입해 보는 건 어때요?

8

이 맛이 예술이야

✳

이윤미

"으악, 이 쪽파를 언제 다듬지?"

이른 아침 친하게 지내던 언니에게 연락이 왔다. 어머니가 농사지은 쪽파를 보내 주었다고 한다. 맛있게 김치 담가 먹으라며 카톡이 왔다. 집 앞에서 기다리는데 언니가 쪽파를 잔뜩 가지고 나왔다. 입이 턱 벌어졌다.

집에 가지고 와 상자를 열어 보니 싱싱하고 푸릇한 쪽파가 한가득이다. 마트에서 파는 쪽파가 스무 단은 들어있는 듯했다. 이렇게 많은 쪽파는 처음이기 때문에 당황스러웠다. 혼자서는 안 될 것 같아 친구에게 전화를 걸어 도움을 청하니 한걸음에 와 주었다. 친구와 수다를 떨며 쪽파를 부지런히 다듬어도 줄지 않는다.

"이건 식당에서 김치 담그는 수준인데."

평소 야무지게 살림하는 친구도 당황스러워한다. 2시간을 다듬어도 절반 이상 남았다. 일단 오늘은 여기까지만. 처음 담그는 김치, 뭐부터 해야 할지 모르겠다. 김치 잘 담그는 친구에게 양념 비법을 물어봤다. 친구는 자기만의 요리법을 이야기하더니 인터넷에 검색하면 엄청난 레시피가 있다고 말했다. 인터넷에서 폭풍 검색을 하다가 그중 맘에 드는 레시피를 찾았다.

쪽파를 깨끗하게 씻어서 건져 놓았다. 고춧가루, 매실청, 마늘, 액젓을 넣어 양념장을 만들었다. 씻어 놓은 쪽파에 양념장을 덜어 쓱쓱 무쳐 냈다. 김치 빛깔은 참 맛있어 보였다. 맛을 보니 너무 맵다. 우리 식구는 매운 것을 못 먹는데 큰일이다. 장갑을 벗어 던지고 마트로 향했다. 다행히 순한 맛 고춧가루를 살 수 있었다. 머릿속엔 주방 한가득 벌여 놓고 온 쪽파 생각뿐이다. 발걸음이 더 빨라진다. 초봄인데도 이마에서 땀이 주르륵 흐른다. 집에 도착하자마자 양념장을 다시 만들었다. 다듬은 쪽파가 남아 있어서 다행이었다. 오전 10시부터 저녁 8시까지 오늘은 쪽파랑 씨름한 날이다. 이제 맛있게 익어 주기만 하면 된다. 두 번이나 양념장을 만들어서인지, 김치를 담갔는데도 양념장이 많이 남았다. 저 많은 양념장은 어쩌지? 쪽파를 다듬어서 또 해야하나 걱정이 늘어난다. 때마침 친구에게 전화가 왔다.

"맛있게 잘 담갔어?"

"어. 레시피대로 하긴 했어. 양념장이 많이 남았는데 어떻게 해?"

"그거 어차피 김치 양념이라 오이김치, 열무김치 다 담글 수 있으니 다른 김치도 시도해 봐."

파김치만 해야 한다고 생각한 난 왕초보였다. 모든 김치를 할 수 있다고 하니 갑자기 김치 담그는 일이 쉬워졌다. 바로 마트로 뛰어가서 오이를 사 왔다. 씻고 절여 오이김치까지 담갔다. 매운맛을 좋아하는 동생에게도 나누어 줄 만큼 넉넉한 양이다. 양념만 만들어 놓아도 절반은 한 거라 쉽게 할 수 있다는 것을 알았다. 그동안 김치 담그는 것에 겁먹고 엄두도 못 내던 내가 이렇게 뚝딱 김치를 담그고 있다.

김치를 담그면서 엄마 생각이 많이 났다. 음식 솜씨가 좋은 엄마는 김치맛도 일품이었다. 엄마 김치를 한 번 맛본 사람들은 시원하고 깔끔한 맛에 반했다. 사업을 해도 되겠다며 김장할 때 꼭 연락을 달라고 이야기했다. 딸 넷의 김장과 이모와 삼촌 주변 사람들까지 챙기던 엄마는 김치를 300포기 이상 담갔다. 힘드니까 절임 배추를 사서 하자고 해도 군이 텃밭에 농사지은 배추를 따서 손질하고 전날 소금에 절였다. 11월, 갑자기 날씨가 추워지면 얼어붙은 손을 호호 불어가며 일을 하곤 했다. 이렇게 힘들게 일을 하냐고 투덜거려도 시끄럽다며 묵묵히 일하던 엄마의 모습이 떠오른다. 엄마는 김장하기 한 달 전부터 아니 일 년 전부터 준비했다. 마늘을 갈고 고춧가루도 사고 액젓을 공수하고 소금도 몇 년 전부터 사 놓고 간수를 빼 포슬포슬한 소금으로 마련해 놓았다.

"우리 김장 김치가 왜 맛있는 줄 알아? 이렇게 좋은 재료로 하니까 맛있는 거야."

김장 때마다 했던 말이다. 몇 년 전부터 엄마는 나에게 김치 만드는 법을 배우라고 말했다.

딸 넷 중 내가 제일 잘할 것 같다며 수제자로 나를 지목했다. 엄마가 해 주는 거 먹으면 되는데 왜 배워야 하냐 툴툴거리며 배우는 것을 미뤘다. 엄마는 2년 전 허리를 다친 후 세 번의 큰 수술을 받았다. 기관지 절제로 말을 할 수 없던 엄마에게 퇴원하면 가장 먹고 싶은 음식을 노트에 써 달라고 했다. 힘없는 손으로 꾹꾹 눌러 '김치'라고 썼다. 순간 북받쳐 오르는 감정을 이기지 못해 눈물을 글썽였다. 엄마는 6개월의 병상 생활을 하다가 일어나지 못하고 그 해 돌아가셨다. 이제는 딸이 혼자 김치를 담그고 있는데 맛을 보여 드릴 수가 없다. 내가 담근 김치를 맛보았으면 '이걸 우리 딸이 담근 거야, 가르친 보람이 있네, 맛있게 잘했어.' 하시며 흐뭇한 미소를 지으셨을 텐데.

엄마 살아 계실 때 난 가끔 말했다.
"엄마, 이거 맛이 왜 이래, 변했어."
하지만 이제 알겠다. 한결같은 맛을 내는 게 쉽지 않다는 것을.

가족을 위해 맛있는 김치를 담가주던 마음, 그건 엄마의 기쁨이었다는 걸.

비록 레시피는 없지만 나는 기억을 더듬어 엄마 맛을 따라 한다. 엄마와 같은 마음으로.

며칠 후 쪽파김치를 먹어 본 딸이 말한다.

"엄마, 이거 예술이야!"

딸의 말 한마디에 피식 웃음이 나온다. 예술이 별건가. 짜파게티 하나 끓여 쪽파김치 척척 걸쳐 먹었다.

캬, 이 맛이 예술이야!

이게 바로 예술이지. 일상을 예술로 만드는 방법 8

우리 가족이 어떤 음식을 좋아하고, 어떤 재료를 쓰는 것을 좋아하는지 생각해 보세요. 그것들을 바탕으로 나만의 요리책을 만들어 보세요. 사진, 그림과 함께 레시피를 예쁘게 꾸며 주는 것도 좋습니다. 세상에서 단 하나뿐인 나만의 요리책 어때요?

9

페이지터너를 아시나요

✳

정가주

잠실 롯데콘서트홀에서 하는 '클래시컬 브릿지 국제음악 페스티벌'에 다녀왔다. 바이올리니스트와 피아니스트의 듀오 연주회였다. 친구를 만난다는 기대감에 잔뜩 흥분했던 아들과 함께. 무대 위 그랜드 피아노를 보고 아들은 그제야 연주회라는 걸 실감하는 듯했다. 조용하고 엄숙한 분위기에서 두 음악가는 무대 위로 걸어 나와 인사를 했다. 은은한 조명이 켜지고 피아노 선율이 홀에 울려 퍼졌다. 잔잔한 선율과 분위기에 아이들도 조용히 감상했지만, 20여 분이 지나자 몸을 배배 꼬기 시작했다. 둘이 속닥속닥하며 장난을 쳤다. 앞자리에 앉은 여자분도 계속 돌아보며 눈치를 줬다.

"엄마, 이거 언제 끝나?", "조용히 해. 소곤소곤도 안 돼. 다 들려." 몰입해서 감상하는 분들을 방해할까 봐 계속 신경이 쓰였다. 아들 한 번, 무대 한 번. 처음 고요했던 마음은 어느새 흩어져 집중하기가 힘들었다.

피아노와 바이올린 선율보다 무대 위의 한 사람에게 눈길이 갔다. 피아니스트 엘렌 메르시에가 연주할 때 뒤에 앉아 피아노를 바라보는 사람. 정확히 말하면 피아니스트가 연주할 때 악보를 넘겨주는 사람, 페이지터너였다. 검정 옷에 단정하게 한 갈래로 머리를 묶은 여자분이었다. 화려한 드레스를 입은 피아니스트보다 더 내 시선을 사로잡았다. 무대 위에 있지만 마치 없는 사람처럼 조용한 그녀가 궁금해졌다. '피아노 전공자겠지? 어느 지점에서 일어나 악보를 넘길까? 만약 넘길 때를 지나쳐 버린다면?' 이런저런 생각이 들자 순간 오싹해졌다. 악보를 다 외우지 못한 피아니스트가 연주를 멈추는 상상을 했기 때문이었다. 악보를 넘길 때만 잠깐 일어나 한 손으로 재빠르게 넘기고 다시 의자에 앉는 모습을 반복해서 봤다. 연주자의 왼쪽 뒤에서 너무 가깝지도 멀지도 않는 자리에 앉아 움직이지 않고 악보를 응시하고 있었다. '페이지터너'란 페이지(page)를 넘겨 주는 사람(turner)을 말한다. 음악회에서 연주자 대신 악보 넘겨 주는 사람을 가리키는 말이다. 대부분은 악보를 볼 줄 아는 음악 전공자가 하는 경우가 많고 공연 내내 한 음이라도 놓치지 않는 집중력을 갖춰야 한다. 또, 연주자와 함께 무대에 입장하고 퇴장해도 안 되고, 적당한 간격을 두고 조용히 뒤따라가야 한다고 한다. 객석의 박수에 답례할 수도 없는, 그야말로 꼭 필요하지만 드러나면 안 되는 숨은 존재다.

"아들, 아까 무대 위에서 검은 옷 입은 여자분 봤어?"

"페이지터너?"

이미 알고 있었다니. 요즘 피아노 학원 가는 게 재밌다고 두 번 가던 수업을 세 번으로 늘린 아들이다. 얼마 전 친구와 같이 본 영화 〈너의 이름은〉의 주제곡 〈sparkle〉이 좋다고 악보를 프린트해서 매일 연습한다. 쉬운 버전, 어려운 버전이 있단다. 처음엔 쉬운 버전으로 치더니 자신 있다며 어려운 악보로 연습하고 있다. 학교에서 음악 동아리도 만들었다. 바이올린, 피아노 치는 친구들 다섯 명이 연주한 영상을 보여준다. "엄마, 나보다 친구가 더 잘 쳐." 영상을 보니 연주하는 친구 옆에 앉아 가만히 바라보는 아들 모습이 보인다.

초등학교 2학년 때 선생님이 페달을 밟으며 풍금 치던 모습이 생각난다. 소리는 정확하지 않았지만, 교실에 풍금 소리가 울리면 마음이 따뜻해졌다. 한 음, 한 음이 모여 멜로디가 되는 것이 신기하기도 했다. 집에 오면 선생님처럼 식탁 위에 손을 놓고 피아노 치는 흉내를 냈다. 열 손가락이 제각각 움직였지만, 마음만은 피아니스트처럼 감정을 실어 쳤다. 피아노 학원에 가고 싶다고 엄마를 졸랐다. 몇 날 며칠 내 모습을 지켜보던 엄마는 날 데리고 피아노 학원에 갔다. 아파트 상가 2층이었다. 학원에는 흰색 문이 달린 연습실이 3개 있었다. 작은 방에서 연습하는 아이들 틈에 끼여 계속 똑같은 음을 반복했다. 방에서 연습하고 나면 홀에 나가 선생님과 1:1 레슨을 받았다. 내 차례를 기다리며 의자에 앉아 언니들이 피아노 치는 모습을 감상했다. '나는 언제쯤 저렇게 칠 수 있을까?'

내 피아노를 갖고 싶어졌다. 식탁 위에서 피아노 치는 흉내를 내는 게 시시해졌다. 부모님과 함께 간 낙원 상가에서 중고로 산 영창 피아노, 나의 첫 피아노였다. 체르니 50번을 치고 중학생, 고등학생이 될 때까지 오랫동안 우리 집 거실에 자리 잡고 있었다. 베토벤도, 바흐도, 모차르트도 배웠던 그때는 연습하기가 그렇게 싫더니 이제는 유튜브에서 피아니스트들이 연주하는 영상을 찾아 듣는다. 임윤찬, 조성진, 임동혁. 피아노 잘 치는 남자가 이렇게 매력적이라니.

아들이 피아노를 칠 때마다 '엄마! 이리 와 봐.'하며 나를 부른다. 자꾸만 부른다. 새로운 곡을 들어갔을 때도 부르고, 그냥 옆에 앉아 있으라고 할 때도, 오늘처럼 한 곡을 처음부터 끝까지 완곡했을 때도 나를 호출한다. 사실 이게 좀 귀찮아서 특히 부엌에서 일할 때 부르면 대답만 하고 가지 않을 때가 더 많다. 〈sparkle〉을 처음으로 완곡했을 때 아들이 '엄마! 나 끝까지 다 칠 수 있어!'라며 자신만만한 목소리로 나를 불렀다. 그날은 6월인데도 한여름처럼 푹푹 찌는 날이었다. 학교 다녀오자마자 옷을 다 벗고 시원한 여름용 인견 내복으로 갈아입은

참이었다. 선풍기는 '윙윙' 돌아가고, 강아지 자두는 피아노 의자 밑에서 잠을 자고 있을 때였다. 베란다 창밖으로 소리 없이 푸르른 나무들이 흔들거리는 것이 보였다. 한 점 바람이 살랑 들어왔다. 조용히 악보를 보던 아들은 피아노 위에 손을 올리며 말했다.

"엄마, 이거 악보 잘 보고 넘겨 줘. 알았지?"

아들의 악보를 넘겨 준다. 작은 어깨가 음에 따라 들썩인다.

마음속에 꼭꼭 담아두고 싶은 순간이 있다. 금방 잊어버리는 내가 오래 기억하고 싶어 '이건 꼭 기억해야지.' 다짐하면서 머릿속에 저장해 둔 추억들이다. 부모님과 추운 겨울날 새벽 고속버스를 타고 강원도에 가던 길 창밖으로 흩날리던 눈을 보며 아름답다고 생각했을 때. 고3 학원 다녀오는 길에 엄마와 차 안에서 도란도란 이야기하던 그때, 어느 주말 오후 같은 식탁에 앉아 음악을 들으며 아이들과 서로의 책을 보던 순간들을. 기억해라, 기억해라! 주문을 걸지 않으면 금방 없어질 시간이기에 잊지 않으려 한다.

좋은 것도, 아름다운 것도 내가 마음먹은 것만큼 나에게 남는다. 드러나지 않아도 오랫동안 빛을 내는 순간들을 기억하고 싶다. 그냥 보면 별거 아닌 것, 그냥 그런 사소한 것들. 가장 가까운 곳에서만 느낄 수 있는 기쁨들을 모으고 싶다. 그 자체로 내게 작은 감동을 주는 작고 소박한 기쁜 순간을.

오늘, 기꺼이 아들의 페이지터너가 되어 주어야겠다.

이게 바로 예술이지. 일상을 예술로 만드는 방법 9

나에게 '작은 기쁨'을 주는 순간을 모아 보세요. 인스타그램에 #작은기쁨 계정을 하나 만들어 사진과 함께 기록해 보는 거예요. 반드시 '작고 소박한' 기쁨만 가능!

10

이마트 24 편의점에서 다시 시작하는
커피 칸타타

✳

최은정

　내가 사는 동네의 이름은 'Well-Being Town'이다. Well-Being은 육체적, 정신적 건강의 조화를 통해 행복하고 아름다운 삶을 영위하려는 사람들이 늘어나면서 나타난 새로운 삶의 문화라는 사전적 의미가 있다. 우리 동네를 좋아하는 이유 중 하나는 다양한 산책길이 있다는 것이다. 1호가 사춘기가 시작되기 전인 4학년 때까지 우리 가족의 주말 마무리 루틴은 저녁을 먹고 다 같이 산책길을 따라 호수 공원을 찍고 집까지 오는 것이었다. 1호는 자전거를 타고 2호는 킥보드를 타고. 1호가 사춘기에 접어들자, 아이의 주말은 친구들과의 약속으로 가득 찼다. 대부분 저녁 식사 전에 들어오긴 하지만 간혹 친구들과 밖에서 저녁을 먹고 들어오고 싶다는 요청을 하기도 했다. 다 같이 저녁 식사를 하는 날에도 밥을 다 먹은 후에는 뒹굴뒹굴하며 나가기 싫다고 중얼거릴 때도 있었다. 늘 언니의 의견에는 청개구리처럼 반대의 의견을 내놓는 2호도 주말 산책 대신 언니와 집에 있는 것을 택했다.

그렇게 우리의 주말 루틴은 주말 가족 산책에서 주말 부부 산책으로 바뀌게 되었다.

주말 부부 산책이 시작된 시점은 재작년 11월 겨울이었다. 걷다 보면 몸에 열이 나서 두꺼운 외투를 입고 나갔다가 후회한 적이 종종 있어서 얇은 경량 패딩 외투를 입고 덧입을 조끼를 남편 가방에 넣어 산책길을 나섰다. 그 당시 우리는 다양한 산책길 중 아파트 정문에서 왼쪽으로 꺾어 쭉 내려가는 길을 주로 선택했다. 아이들과도 함께했던 산책길이다. 길 오른쪽 내천 흐르는 소리는 겨울에 들어도 춥지 않고 시원한 느낌이다. 여름철 이 길을 걸을 때면 늘 강원도 어느 계곡에 휴가온 느낌이라고 말하곤 했다. 내천길을 따라 내려가다 보면 작은 터널이 나온다. 터널 안 내천길 중간쯤에 있는 징검다리를 건너면 또 다른 새로운 산책길이 열린다. 아이들과 함께했을 때는 징검다리도 건너 보곤 했지만, 남편과 둘이 하는 산책길에선 무시하고 가던 길을 쭉 걷는다.

"어? 드디어 오리 가족이 나왔네?"

남편은 늘 내천길 옆을 걸을 때마다 오리 가족의 안부를 살핀다.

"쟤네들은 처음 보는 오리들인데? 보호색을 갖고 있네. 흙이랑 돌색이 섞여서 자세히 안 보면 모르겠어."

나는 남편의 말에 맞장구를 쳐 주며 이야기를 이어갔다. 최근 하게 된 나의 수술 경과와 수영 대회. 남편의 배드민턴 동아리. 아이들 친구 이야기. 여름 방학 때 아이들과 셋이 떠날 여행 이야기. 아직까진 둘이 할 이야기가 있어서 다행이라는 마음으로 계속 길을 걸었다.

불빛이 하나둘 보이기 시작하는 시점부터는 카페 거리가 펼쳐진다. 카페거리 끝부분에는 아이들에게 인기 많은 고양이 카페가 있다. 늘 아이들과 함께 걷던 길이여서 우리가 가본 카페는 고양이 카페 단 하나였다. 부부 산책을 시작한 첫날, 그날만큼은 분위기 좋은 멋진 카페에 들어가고 싶었고 우리가 선택한 카페는 'Cafe Groovy'였다. 카페 앞 작은 칠판에 적힌 문구가 늘 내 시선을 끌었다. '당신이 이곳에 머무는 동안 따뜻해지길 바라요. 커피와 책 그리고 음악' 문구로만 보면 내가 좋아하는 모든 게 있는 곳이었다. 커피를 안에서 마실지 밖에서 마실지 고민하다 밖에서 마시기로 했다. 격자 무늬 창문 너머에 있는 원목 탁자와 의자 그리고 그 위로 조명이 반짝거리는 밤 풍경이 마음에 들었기 때문이다. 남편은 안에 들어가 따뜻한 아메리카노 두 잔을 가지고 나왔다. 가만히 앉아 있으니 따뜻한 커피가 몸속에 들어왔는데도 추위가 올라와서 우리는 카페 안으로 자리를 옮겼다. 안으로 들어오니 이곳이 북카페라는 것을 알 수 있었다. 첫인상은 차분하면서 클래식한 분위기였다. 카페 안도 밖의 밤거리만큼 어두웠으나 조명을 구석구석 배치하고 조도를 적당히 분위기 있게 밝혀서 힐링되는 분위기였다. 재즈 음악 플레이리스트, 우드 인테리어와 앤티크한 감성의 소품들이 주인의 센스를 말해주고 있었다. 『빨간 머리 앤』의 집에 있을 법한 분위기의 소품 선반, 원목 나무 가구들과 중간중간 놓인 초록 식물들, 오픈되어 있지 않은 다락방 공간으로 가는 계단에 놓인 기타와 책들. 사실 이곳에서 책을 읽은 적은 없다. 커피를 마시며 이곳 분위기를 흠뻑 느끼고만 가도 충분했다. 집으로 가는 길 'Cafe Groovy'의 분위기에 이끌려 남편에게 툭 질문을 던져 보았다.

"클래식 작곡가 중 커피 마니아 3명이 있는데 누군지 알아?"

"음. 베토벤. 모차르트?"

"오. 베토벤 정답! 세 명 다 독일인이고 B로 시작하지."

뜬금없는 스무고개가 시작되었다.

"그럼, 바흐네 바흐. 베토벤과 바흐."

"오호. 베토벤, 바흐 그리고 브람스지."

바흐의 커피 칸타타와 편의점 커피 칸타타에 관해 이야기하다 보니 어느새 아파트 정문에 다다랐다.

「아! 맛있는 커피. 1,000번의 키스보다 황홀하고 무스 카텔 포도주보다 달콤하죠. 커피가 없으면 나를 기쁘게 할 방법이 없지요.」 바흐의 커피 칸타타의 한 대목만 보아도 바흐의 커피 애정이 느껴진다. 'Cafe Groovy'는 산책 중 만나는 우리의 작은 기쁨이었다.

작년 겨울 오른쪽 발바닥과 안쪽 복숭아뼈 있는 곳의 통증으로 인해 의사 선생님께서는 당분간 오래 걷는 것을 쉬라고 하셨다. 그 말은 주말 부부 산책 중 작은 기쁨이었던 'Cafe Groovy'를 갈 수 없다는 말로 들렸다. 아쉬움도 잠시 그래도 괜찮다고 생각했다. 우리 동네는 짧고 긴 다양한 산책길이 있기 때문이다. 이번에는 우리가 사는 아파트 단지를 크게 벗어나지 않는 한에서 가장 동선이 짧은 산책길을 찾아냈다. 이번 새로운 산책 루트에서는 우선 커피 한잔을 뽑고 시작한다. 아파트 정문 근처에는 이마트24 편의점이 있는데 남편은 이곳에서 내려 마시는 커피를 좋아한다. 'Cafe Groovy'처럼 분위기 있는 조명과 음악, 멋진 인테리어, 읽고 싶은 책이 가득 찬 책장은 없지만, 커피 맛만큼은 'Cafe Groovy'에 뒤지지 않는다. 커피 한잔을 다 마실 때쯤 끝나는 새로운 짧은 루트의 산책길. 하나의 문이 닫히면 또 다른 문을 두드려 보면 된다. 내가 두 발을 딛고 있는 그 자리에서 말이다. 일상 속 작은 기쁨을 찾고자 하는 마음만 있으면 된다. 우리의 작은 기쁨은 이마트24 편의점에서 다시 시작된다.

이게 바로 예술이지. 일상을 예술로 만드는 방법 10

내가 사랑하는 동네 카페가 있나요? 그곳에 함께 가고 싶은 사람을 떠올려 보세요. 함께 커피를 마시며 기념사진을 찍고 프로필 사진에도 올려 보세요.

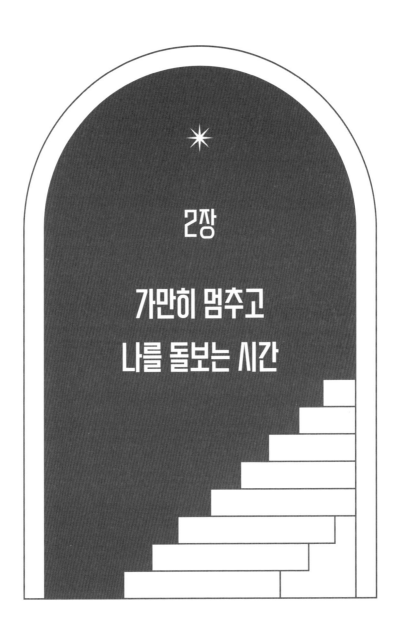

2장

가만히 멈추고
나를 돌보는 시간

1

시골에 살아요

✴

김민경

　일찍 눈을 뜨는 날, 책을 잡는다. 바다를 보며 책을 읽을 수 있는 거실 식탁을 지나 작은방으로 간다. 작은방에 놓인 소파에 누워 자리를 잡는다. 포베이 구조의 아파트가 왜 좋은지. 모두가 왜 그리 찾는지 몰랐다. 집을 살 때 우리의 결정적 기준은 아래층에 사람이 살지 않는 필로티 2층이라는 것이었다. 아이에게 살살 다니라 말하지 않아도 되면 충분했다. 지금 우리 집은 투베이 구조다. 거실과 안방은 바다를 향해있다. 낮은 층이라 넓은 바다를 시원스레 담지는 못하지만, 저 앞 펜션들 사이로 호수처럼 작은 바다가 보인다. 거실 뒤쪽으로 나란히 놓인 작은방 두 곳에선 바다를 볼 수 없다. 북쪽으로 창이나 해도 환하게 들지 않는다. 이것이 투베이의 단점이다. 새벽에는 이 공간이 나를 부른다. 아직 덜 깬 멍한 몸은 어둑한 작은방 소파를 찾는다. 해가 뜨고 바다가 보이는 거실 테이블보다 만족스럽다. 가만히 누워 책을 읽기 시작하면 책 속 이야기 대신 다른 소리에 마음이 향한다. 파도

소리다. 200m 떨어진 바다에서 춤추는 파도 소리가 창을 통해 들어와 방을 채운다. 아이와 물놀이를 하며 바다를 코앞에 두었을 때보다 더 큰 파도 소리를 만난다. 집에서 바다와 가장 가까운 거실보다 바다가 보이지 않는 작은방에서 파도를 가까이 느낀다. 바다와 내가 깨어 있는 거리에 모든 소리가 쉬고 있다. 시골의 고요한 새벽 덕분에 파도를 깊이 듣는다. 보이지 않는 바다가 방에 들어차고 한참을 파도멍에 빠진다. 순간 휙 하고 부는 바람을 타고 파도가 창틀을 크게 넘었다. 힘 있는 소리가 몸과 함께 깨지 못한 마음을 깨운다. 시간이 제법 지났다. 드문드문 차 소리가 들린다. 이웃의 말들도 창을 넘는다. 파도 소리가 살금살금 숨어든다. 아직도 작은방 소파 위다. 이제 다시 책을 잡는다. 『이어령의 마지막 수업』 책이다. 파도 같은 책을 만났다. 쉽고 정확한 언어로 읽히는데, 그 깊이를 다루기가 어렵다. 아이가 일어날 때까지 기다리는 중이다. 파도 따라 글 따라 생각이 오르락내리락이다.

저녁을 먹고 동네 작은 학교로 산책을 나선다. 우리뿐일 거라는 예상과 달리 학교 운동장에 누군가 있다. 부부로 보이는 동네 어른 두 분이 예쁘게 신발을 벗어 놓았다. 학교의 자랑인 잔디밭 운동장을 나란히 걷는다. 한 바퀴 두 바퀴, 신발을 신지 않은 두 발이 구름처럼 가볍다. 두 사람의 발걸음을 홀린 듯 바라보았다. 두 분의 웃는 얼굴이 바람 따라 살랑거린다. 그 웃음이 내게도 불어온다. 어느새 입꼬리가 올라가는 중이다. 결국, 신발을 벗어 버린다. 아들이 나보다 빨랐다. 맨발로 저만치 앞서간다. 자유로운 두 발이 잔디 위를 사뿐거린다. 어싱(Earthing)은 신체를 지구 표면에 직접 접촉함으로써, 사람의 몸과 지구의 에너지를 연결하는 행위다. 땅은 전기적으로 음전하를 띠고 있다. 맨발이 땅에 닿으면 우리 몸 안의 정전기와 양전하가 소멸하여 전기적인 균형이 조절된다. 발의 근육을 강화하고 발을 안정시킨다. 발과 다리 사이의 균형을 개선하여 우리 몸의 자세를 바르게 돕는다. 40대 이상 여성들에게 자주 발생하는 족저근막염 예방에도 큰 도움이 된다. 긴 책상에서의 시간과 스마트폰으로 잃은 몸의 건강을 회복하는 자연치유 요법이다. 또한, 발을 자유롭게 움직이며 몸도 자유로워진다. 함께 편안해지는 마음을 생각하면 어싱은 명상이기도 하다. 의학적으로 검증된 물리적인 몸의 치료를 넘어 마음을 치료하는데도 효과가 있다고 믿는다.

산책로 지압길 몇몇에 멈추어 '어싱'을 해본 적이 있다. 발이 아파 걸음마다 '꺄악꺄악' 소리를 질렀다. 잔디밭 맨발 걷기는 처음이다. 낮 동안 머금은 햇살의 따뜻함이 아직 남아 있다. 간질간질 콕콕거리는 잔디와 사이사이 또 다른 느낌들이 발을 감싸고 마음을 감싼다. 뭉클뭉클 감동스럽다. 근처에서 맑고 고운 소리가 들린다. 딱새 수컷이다. 애타게 짝꿍을 찾으며 노래를 부른다. 축구 골대 위로 날아올랐다. 하얀 골대 덕에 딱새의 주황 깃털이 더욱 빛난다. 도시에 살 때도 새들은 늘 주변에 있었을 텐데, 둔한 감각과 바쁜 마음으로 주위를 살피지 못하고 살았다. 귀를 기울일수록 더 많이 들린다. 가만히 들여다볼수록 더 많이 보인다. 한적한 시골의 자연에서 나는 더 열린 사람이 된다. 시원한 날씨 덕일까? 좋아하는 음식을 저녁으로 먹어서일까? 어느 때보다 기분이 좋다. 맨발 걷기에 푹 빠진다. 내일도 모레도 이 시간에 이곳에 있을 것이 분명하다. 도시에 살며 여름마다 여행 가던 고성의 작은 바닷가 마을. 그곳으로 이사와 시골살이 4년 차가 되었다. 경제적인지, 효율적인지 판단하며 누구보다 빠르게 머리를 굴리며 살았다. 후다닥 급한 성격으로 바쁘게 지내던 몸은 어느샌가 흐늘흐늘, 하늘하늘 늘어져 있다. 조금은 게을러진 몸과 마음에는 널찍한 숨구멍이 뚫렸다. 바람 많은 고성에서 생긴 시원한 바람구멍이다. 덕분에 마음에 수시로 바람이 분다. 이전과 다른 공간에서 다른 시간을 보내니, 다른 일상이 이어진다.

'오마이 겐이치'는 인간을 바꾸는 방법은 세 가지뿐이라고 말했다. 첫째, 시간을 달리 쓰는 것. 둘째, 사는 곳을 바꾸는 것. 셋째, 새로운 사람을 사귀는 것이다. '새로운 결심을 하는 것'은 가장 무의미한 행위라고 말했다. 고성으로 이사와 사는 곳이 바뀌었다. 요일별로 약속이 이어지며, 모임과 만남이 가득했던 도시 생활은 정리되었다. 자연에 오래 머무르고, 혼자 있는 것을 즐기며 시간을 달리 쓰는 사람이 되었다. 지난 4년 동안 무언가 위대한 일은 꿈꾼 적이 없다. 성공에 대한 결심과 계획을 세우는 대신 아이 손을 잡고 바다로, 산으로, 계곡과 호수로 마냥 놀러 다녔다. 목표를 세우고 달려가는 일은 일부러라도 잊으려 했다. 도시에서 살던 모습과 다르게 살고 싶어 이곳에 왔다. 그것을 잊지 않도록 내게 수시로 말을 걸었다. 그러는 사이 작고 흔하고 오래된 것들, 늘 무심히 지나치던 것들이 조용히 내게 다가왔다. 살며시 잡아 일상에 담는 순간 하나둘씩 소중해진다. 처음엔 소중함이 새로운 발견이라 생각했는데, 가만히 들여다보면 새로운 것은 하나도 없다. 새로워진 건 나였다. 바라보는 내 시선과 마음이 달라졌다. 멈춤의 공간에서 멈춤의 시간을 만났을 뿐이다.

힘들고 어렵다고 생각했던 지난 시간의 자리마다, 돌아보니 소박하고 작은 꽃이 피어 웃는다. '멈춤' 다음에는 '피어남'이 찾아온다. 온종일 먹어대며 제 몸을 불리던 애벌레가 어느 날 꼼짝도 하지 않고 고치 안에 멈춘다. 곧 아름다운 날개를 활짝 펴고 나비가 되어 날아오른다. 줄기를 뻗고 잎을 내며 쑥쑥 성장하던 식물들도 갑자기 멈춘다. 성장하던 에너지를 모아 꽃과 열매를 피워낸다. 멈추고 난 후 머릿속 생각들이 예전과는 달라졌다. 새롭게 깨닫게 되는 일도 많았다. 놓치고 살던 작은 기쁨을 찾으며, 삶에 감사함이 가득 피었다. 평온한 오늘에 감사하고 더 즐거운 내일을 꿈꾸는 시골살이다.

이게 바로 예술이지. 일상을 예술로 만드는 방법 11

맨발로 걸어보세요. 흙길, 바닷가 모랫길, 파릇파릇 잔디밭 길 어느 곳이든 좋아요. 내게 잘 맞는 맨발 걷기 장소를 찾아보세요. 지구와 가까워지며 마음이 열리는 특별한 명상 시간을 경험해 보세요.

2

반려빚과 시작한 나의 아지트

✳

김은주

"은주 씨, 지금 사는 집주인이 집을 급매로 내놨어요. 누구 주기 아까워서. 은주 씨가 사면 어때요?", "제가 할게요. 그런데 저 여유 없는 거 아시잖아요. 천만 원만 더 깎아 주세요."

고민했지만 바로 결정했다. 어디서 그런 배짱이 튀어나왔는지 모를 일이다. 말을 뱉어 놓고도 잘한 일인가 고민하는데 여러 번의 통화 끝에 원하는 대로 천만 원을 깎았다. 매력적인 가격이지만 난 현재 백수다. 이게 맞는 선택일까? 다음날 계약을 하기로 하고선 잠을 이루지 못했다. 누군가의 불행이 나의 행운으로 이어진 것도 불편했고 빚을 더 내야 하는 상황이 어깨를 짓눌렀다. 하지만 이미 계약서를 작성하고 대출 신청을 하고 일사천리로 일이 이루어졌다. 이제는 수습하는 것밖에는 내가 할 일이 없었다. "그래. 새 집주인이 와서 실거주한다고 나가라고 하면 또 이사해야 하고. 복잡하잖아. 잘된 일이야. 네가 지금 집을 살 타이밍이었던 거야." 스스로 불안을 달래고 합리화하려 했다. 잔금 치르는 날 이제 내 집이구나. 나에겐 반려빚이 생겼다는 것을 실감했다. 내 이름 석 자로 된 내 집. 내 공간. 집주인 전화에 심장 떨 일은 앞으로는 없을 터. 그렇게 나는 반려빚과 맞바꾼 작지만 안락한 내 집을 소유하게 되었다.

'띠띠띠띠' 현관 도어락이 열리는 소리에 흠칫 놀란다. 맞다! 저렇게 열고 들어올 사람은 조카들뿐인데 알면서도 아직 적응이 안 된 모양이다. 내가 처음으로 혼자 살게 된 집이다. 내 선택으로 홀로서기를 시작한 공간! 이제껏 나는 혼자인 적이 없었다. 어렸을 때는 부모님 그늘에 있었고 커서는 연애하고 결혼해서 가정이라는 울타리에 있었다. 늘 혼자 있을 일이 없다고 자신만만했던 시절이었다. 그랬던 내가 어디가 바닥인지 모를 만큼 끝없이 추락하고 있었다. 과연 이 고통에 끝은 있을까 싶은 시간 속에서 나는 선택을 했고 혼자 남겨졌다. 이혼이라는 두 글자가 밀물처럼 밀려와 썰물처럼 내 인생을 모두 휩쓸어 갔다. 스스로 책임을 지는 일이 얼마나 뼈 아픈 일인지를 이제야 깨닫는다. 그렇다고 자책만 하고 있기엔 나는 나를 너무 사랑했다. 내 옆에는 내가 안정되기를 기다리는 가족들이 있었기에 나는 일어나야 했다. 홀로서기 출발선에 서 있는 지금 스스로 판단하고 행동으로 옮기는 과정이 나를 어른으로 만들어 주고 있다. 스스로 챙기는 일은 오로

지 내 몫이다. 그 과정에서 내가 특별해졌음을 안다.

　제일 먼저 한 일은 정신건강의학과를 찾아가는 일이었다. 스스로 이겨 낼 수 있다고 버티다가 결국엔 전문가의 도움이 필요함을 인정하는 일이 첫 번째였다. 세상에 태어나 첫걸음마를 뗀 아이처럼 하루하루가 도전이고 새로움의 연속이었다. 혼자서 지낼 새로운 집을 구하고 법적인 것, 관공서, 서류 문제까지 판단해야 하는. 부모도 형제도 대신해 줄 수 없는 내가 선택하고 그 결정에 책임을 지는 것! 예전의 나는 집순이이며 사람을 만나는 것조차 싫어하던 극상의 'T'였다. 불과 반년 전의 나와 지금의 나는 너무나 달라 나조차 내가 낯설어질 때가 있다. 내가 나를 너무 몰랐다는 걸 깨달았다. 내가 무얼 좋아하는지 내 성향이 어떤지 나는 착각 속에 살고 있었다. '이혼'이라는 단어가 주는 불편함이 진정한 나를 알게 되는 아이러니한 상황을 겪어 내고 있다. 작년까지 나는 무언가를 결정할 때 수백 번을 생각하고 리스크까지 계산되어야 실행에 옮길 수 있는 사람이었다. 남들이 보기에 차갑고 어려운 사람, 혼자 있는 것을 좋아하는 사람으로 보였다. 나도 내가 그런 성향의 사람인 줄 알았다. 그러다 무료한 일상 속 취미 활동을 찾아 나섰다. 그렇게 알게 된 동네 모임에서 다양한 연령대의 친구들을 만나고 시간을 채우면서 조금씩 나를 찾기 시작했던 것 같다. '소소'라는 소중한 모임이 이 힘든 상황에서도 희망을 잃지 않게 손 내

밀어 주었고 나는 기꺼이 그 손을 잡고 함께 나아갔다. 자원봉사를 하고 취미 활동을 하면서 서로에게 격려가 되고 그런 시간이 어느새 내 삶으로 들어와 있었다. 이혼 후 이 동네를 떠날까 하는 생각도 잠시 했었다. 내 한쪽 손은 여동생이, 한쪽 속은 '소소'가 붙들어 주었다.

　나의 공간이 처음엔 아주 무섭고 두려웠다. 혼자라는 걸 인정하는 것 또한 어려웠다. 현관문을 이중으로 잠그고 안방 문을 걸어 잠그고도 공포심이 몰려왔다. 어색함에 잠을 이루지 못했고 불안에 시달리며 여전히 낯선 공간인 것만 같았다. 무심히도 시간은 흘렀고 이제는 새로운 내 집에 적응하고 있다. 내가 좋아하는 그림을 사서 걸어도 보고 반려 식물을 키우기도 하면서 나만의 개성으로 채워 가고 있다. 그러다 보니 공포심은 어느새 사라지고 내가 쉴 수 있는 따뜻한 곳으로 변했다. 그 과정이 절대 쉽지는 않았다. 잘 지내다가도 울컥 감정이 올라와 눈물로 밤을 지새울 때도 있었고 극복할 수 없을 거라는 두려움에 휩싸이기도 했다. 그래도 다음날 다시 일어나서 익숙해지려 노력했고 내 공간의 빈 곳을 나로 채우기 시작했다. 아침에 일어나 커피 한잔을 내린 후 일기를 쓰면서 어제를 기억했고, 오늘 할 일에 대해서 점검하고 누구도 방해하지 않는 상태에서 나 홀로 모든 것을 하게 되었다. 때때로 그림을 그리고 글을 쓰고 피아노 건반을 두드리면서 내 공간에 내가 녹아들고 있었다. 미래에 대해 고민하고 공부를 하면서 집에서 지내는 시간이 길어지다 보니 안정을 찾게 된 것이다. 내 공간에서 혼자라는 건 권리와 의무도 온전히 혼자 짊어져야 한다는 뜻이다. 여전히 슬픔이 나를 덮칠 때도 있지만 나를 나답게 만들어 주는 내 집에서 나는 성장하고 있다. 내가 나를 사랑하고 아끼는 방법을 터득하고 있달까.

지난 반년 동안 스스로 선택하고 결정해서 지금 여기에 내가 있다. 공저 작가 모집에 선뜻 용기를 낸 것도, 이혼을 스스럼없이 말하는 것도 모두 내 의지로 선택하고 행동한 일이었다. 가만히 내 맘속을 들여다보고 내가 원하는 것에 귀 기울인 덕분이다. 이 작은 집이 나에게는 예술 무대 같은 공간이다. 평범하지만 특별한 내 일상이 벌어지는 장소! 내 취향을 알아가며 점점 내 손때가 묻어 내가 되어가는 나의 아지트. 홀로서기는 혼자서도 외롭지 않은 존재라는데 난 아직 그 경지까지는 다다르지 못했다. 그래도 지금, 여기, 내가 하루를 채우고 또 하루를 채우다 보면 진정한 홀로서기가 가능할 것이라 믿는다. 내 집에서 어떤 일이 벌어지더라도 나는 또 극복하고 나답게 이겨낼 것이다. 혼자서도 행복해야 함께여도 행복할 수 있음을 안다.

이게 바로 예술이지. 일상을 예술로 만드는 방법 12

나만의 아지트를 만들어 보세요. 집의 한 공간이면 내 취향으로 꾸미는 행복을 느낄 수 있을 거예요. 집이 아니라면 마음에 드는 장소를 골라 참새 방앗간 들리듯 들러 보세요. 온전히 나로 쉴 수 있는 공간에서 나를 보살피는 시간이 될 거예요.

3

내게 시는, 기억에게 선물한 말

✳

김인혜

포르투갈의 시인 페르난두 페소아는 시는 '내가 홀로 존재하는 방식'이라고 말했다. 시인들은 시에 대한 자신만의 정의를 각자 가지고 있을 것이다. 시란 뭘까 생각해 본 적이 있다. 시인은 아니지만 나도 가끔은 시를 쓰고 싶을 때가 있기 때문이다. 매일의 일상 중 특별하게 여겨지는 날이 있고 잊지 못할 추억으로 남는 순간들이 있다. 그럴 때면 기록해야겠다는 생각이 절로 들었지만 막상 글을 쓰려고 하면 당시의 감정과 분위기, 하고 싶은 이야기들이 평범한 단어와 문장들 속에서 마치 연기처럼 부옇게 흩어지는 것 같았다. 그때 불현듯 시가 떠올랐다. 어쩌면 시를 통해서, 점점 희미해져 가는 과거의 기억과 지금 반짝거리고 있는 오늘을 놓치지 않고 잘 간직해 볼 수 있겠다고.

어렸을 땐 학교 숙제로 제법 그럴듯하게 동시를 지어 내곤 했다. 동시가 산문보다 짧아서 좋아했던 거 같기도 하고 동시 속에 귀엽고 재미난 의성어와 의태어를 써넣는 걸 즐기기도 했다. 고등학교 시절엔 입시 공부로 치열한 와중에도 속으로는 스스로 문학소녀라고 여길 만큼 문학 수업을 제일 좋아했다. 윤동주 시인을 동경하고 교과서에 나온 시인들의 시를 묶은 책을 쉬는 시간에 틈틈이 읽었다. 내겐 그게 휴식이었다. 대학을 문학 전공으로 갔어도 좋았을 것이었다. 하지만 문학과 무관한 전공을 자의 반 타의 반 선택했고, 아쉬움이 많이 남았던 나는 인문대에 개설된 나라별 문학 수업을 대학 생활 내내 전전하였다. 노어노문학과에서 개설되었던 '러시아문학의 이해'에서는 푸시킨을 배우고 레르몬토프를 만났다. 나는 지금도 러시아를 대표하는 시인 푸시킨보다는 레르몬토프를 더 좋아한다. 당시에도 절판되어 구할 수 없던 그의 시집을 수업 시간에 같이 제본하여 보았었는데, 그 제본 시집은 20여 년 넘게 내 책장 위쪽 구석에 잘 꽂혀있다. 사회대보다 인문대 교정을 더 많이 거닐었던 대학 시절의 방황이 떠오를 때면 레르몬토프의 시들을 추억에 젖어 들춰 보곤 한다.

20대 중반부터는 영화와 소설에 심취해 있었다. 영화감독이 되고 싶어 했던 국문과 친구와 예술 영화와 고전 영화를 같이 보고 감상을 나누는 게 재미있었다. 그런 영화들을 찾아보고 평론을 읽으며 분석하는 것이 나의 어쭙잖은 지적 허영심을 채워 주었던 것 같기도 하다. 소설도 고전 위주로 읽고 일본 작가들의 소설도 즐겨 읽었다. 그런 시기였기에 알 듯 모를 듯한 말들을 모아놓은 시가 조금은 고리타분하고 권태롭게 느껴졌다. 지금 생각해 보면 편협하고 철없던 20대 시절이다. 서른둘에 결혼하고 바로 아이를 낳은 나는 육아로 정신없이 지내며 시는커녕 모든 문학과 떨어져 지내고 말았다. 그러다 아이가 일곱 살 무렵 집 근처에 작은 도서관 하나가 생겼다. 오랫동안 책을 읽지 않아 어떤 책을 읽을지조차 망설여지던 그때, 종종 책 이야기를 나누곤 했던 동네 언니와 의기투합하여 독서 모임을 만들었다. 함께 읽을 좋은 책들을 고심해서 고르고 도서관 동아리방을 빌려 일주일에 한 번씩 모임을 했다. 우리는 주로 문학책을 읽었는데 같은 책을 읽고 서로 감상을 공유하는 그 시간이 참 즐겁고 행복했다. 동화책 작가를 꿈꾸고 시를 좋아했던 한 회원의 추천으로 시집도 읽었다. 그 회원을 제외한 나머지 사람들에겐 시라는 장르가 참 낯설었다. 나도 정말 오랜만에 읽는 시집이었고, 지금은 너무 좋아하는 작가가 된 나희덕 시인도 그때 처음 알게 되었다. 시집에 있는 시들을 다 이해할 순 없었지만, 어떤 시들은 가슴에 와서 콕콕 박혔다. '기억으로도 한 채의 집을 이룰 수 있음'을 깨닫고, '주문하지 않았으나 오늘 내게 배달된 시간'에 어쩔 줄 몰라 하는 시인의 말들이 심장에 화살처럼 박히며 가슴이 뜨거워졌다. 그리고 그 뜨거워진 자리에 눈물이 흘렀다. 시와 다시 만난 순간이었다.

우리에게 나희덕 시인을 선물해 주었던 회원은 몇 년 전 불의의 사고로 세상을 떠났다. 그 이후로 나는 머리맡에서 그 시집을 치울 수가 없었다. 나희덕 시인이 동생을 잃고 지은 시가 가득한 『말들이 돌아오는 시간』은 내겐 마치 그 친구가 남긴 유고집 같았다. 그 시들을 계속 읽었다. 읽을수록 시를 써 내려간 시인의 마음에 더 가까워지는 것 같았다. 시인이 삶이 오롯이 담긴 시가 내 마음속 생각, 감정, 기억들과 한 몸처럼 공명할 때 그 시는 저절로 영혼에 새겨지는 듯하다. 그렇게 다시 다가온 시의 기저엔 누구의 것이라 말할 수 없는 슬픔과 그리움이 짙게 깔려 있었다.

작년에 두 달 동안 '40일 글쓰기'에 참여한 적이 있다. 일기인지 에세이인지 모를 글들을 마음대로 끄적거려 대던 어느 날이었다. 가을비가 친구의 눈물처럼 내리던 오후, 그날 내가 느낀 슬픔과 사랑은 시로서만 담아낼 수 있다는 것을 문득 깨달았다. 집에 돌아와 하루를 회상하며 자연스럽게 그날의 시간을 시로 쓰기 시작했다. 비가 내린 뒤 생기는 물웅덩이처럼 시로 물웅덩이를 만들어 시간을 고이게 했다. 고인 시간 속에 기억과 감정이 고스란히 담겼다. 그렇게 시를 한 편 두 편 쓰다 보니 더 다양하고 다채로운 빛깔의 기억과 감정도 시를 통해 남기고 싶어졌다. 슬픔과 아픔만이 아니라 특별한 사랑의 순간과 기억들도, 작은 행복들도 담아내고 싶었다. 내가 누군가를 사랑하게 된 순간을, 사랑받은 순간을, 그리워 눈물이 날 듯한 순간을, 시라는 특별한 형식을 통해서 간직하는 기쁨을 비로소 알게 되었다.

시는 드러낼 수도 있고 감출 수도 있다. 글을 써서 내 기억과 감정을 공유하고 싶기도 하지만 여전히 나만의 내밀한 것으로 간직하고 싶을 때, 시는 그것을 가능하게 한다. 말을 줄임으로써 더 많은 말을 할 수 있는 시는 어떤 긴 글보다 더 풍요로운 그릇이 될 수 있다. 영원히 기억하고 싶은 순간과 그때의 감동을 담아낼 수 있는 시어를 하나씩 고르고 고르다 보면 그 기억의 모든 것을 포착해 낸 시가 한 장의 스냅사진처럼 눈앞에 생생하게 그 모습을 드러낸다. 나에게 시는 '기억에게 선물한 말'이다. 사랑했던 사람도 시로 남았고 소중했던 시간도 시로 남았다. 시로 가만히 혼자 그리워할 수 있어서 다행이다.

내게 시는,
모래 해변에 살짝 감춰 둔
하얀 조개껍데기, 분홍빛 유리 조각.
오래 간직하고 싶어서 기억에게 선물한 말.

그 말들이 시가 되고 그 시들이 모이면, 누군가의 말처럼 삶은 언젠가 내가 써 내려간 시가 될 수도 있을 것이다.

이게 바로 예술이지. 일상을 예술로 만드는 방법 13

때론 어린아이의 동심으로, 때론 80세에 한글을 깨치고 시를 짓는 할머니 시인들처럼, 오늘 나의 일상을 시로 써 보세요. 도서관에 들러 마음에 드는 시집을 한 권 골라 첫 번째 시를 조용히 낭독해 보는 건 어때요.

4

달려야 멈추는 순간

✳

류제영

뉴질랜드에서 학교 다니는 딸이 방학을 맞아 집에 왔다. 딸은 온라인 쇼핑몰에서 그동안 먹고 싶었던 간식거리를 연일 주문했다. 그것도 모자라 내내 맛집을 찾아다니며 먹을 걸 즐긴다. 스스로 '전생에 굶어 죽은 거지였나 보다.'라며 웃는다. 난 오랜만에 놀러 온 딸을 놔두고 일하러 나가느라 바쁘다. 딸은 엄마가 자기 때문에 고생이 많다며 몇 번이나 고맙다고 한다. 난 '전생에 소가 된 게으름뱅이였나 보다.'라며 웃는다. 가족을 위해 일하는 부분이 많겠지만 사실 난 일을 즐기는 워커홀릭이다.

남들이 말하는 세상 잣대로라면 워커홀릭으로 살기엔 나이가 좀 많다. 지금까지 일해온 세월보다 퇴직할 시간을 셈하는 게 더 **빠른** 계산일 수도 있으니 말이다. 중국 친구들에게 공조쾅(일에 미친 사람)이라 불리기까지 하면서도 일하는 순간 설레는 감정과 에너지를 얻는 나와 스스로 마주할 때가 많다. 얼마 전 인터넷 뉴스에서 88세 나이까지 67년간 승무원 일을 하던 베트 내시의 기사를 읽었다. 다운증후군으로 돌봐야 하는 아들이 있었음에도 열정적인 태도로 자신의 직업을 사랑한 그녀의 삶에 저절로 경외하는 마음이 들었다. 소설가 무라카미 하루키가 쓴 "멍하게 사는 10년보다는 확실한 목적을 지니고 생동감 있게 사는 10년"이라는 문장과 마주한 순간은 일에 대한 나의 가치관이 정립되는 거 같아 하루키에게 동질감이 느껴졌다. 요즘 이른 퇴직을 꿈꾸는 파이어족이 늘어나고 있는 때 난 어떻게 하면 오래오래 일하는 사람으로 살아갈 수 있을까를 꿈꾼다. 일하는 내가 좋고, 좋아하는 나로 살기 위해 해야 할 게 무엇인가를 난 늘 고민한다.

일을 사랑하지만 때때로 힘들 때가 있다. 출근과 퇴근이 분리되지 않는 일을 하다 보니 현장에서 일을 마치고 와도 쏟아지는 메신저에 일일이 답을 하다가 속이 울렁거린다. 때론 '에라 모르겠다.' 싶어 핸드폰을 저만치 치워두고 홈트에, 독서에 집중해 보고자 하지만 계속 띠릭 울려대는 문자 소리에 신경이 쓰여 슬그머니 다시 집어 든다. '역시 난 일을 멈추지 않는구나.'라며 빈정대기도 한다. 나이가 들면서 에너지가 방전된 건전지처럼 축 늘어지는 순간도 생겨났다. 영화 속 '홍반장'처럼 가리지 않고 일하다가도 어느 순간 내가 무엇을 위해 종을 울리나 싶기도 했다. 좋아하는 일을 오래 하기 위해선 때론 일을 멈추고 나만 들여다보는 순간을 가져야 한다는 마음이 절실해졌다. 내일의 에너지를 충전하기 위해선 오늘 일을 멈추는 순간이 있어야 한다. "그대로 멈춰라!"하고 주문을 외듯.

한때 난 계단 오르기에 빠진 적이 있다. 금색 달빛이 아름드리나무 위에 드리우고 양쪽 계단 사이로 작은 폭포가 흘러내리던 아름다운 정원, 촬촬촬 물소리가 더운 여름밤을 시원하게 녹여 주는 쿠알라룸푸르 콘도에서 머물렀던 운이 좋았던 때. 지금은 그 시절이 아름답다고 기억되지만, 그땐 코로나가 한창이라 락다운(lockdown) 때문에 숨통이 조여와 뭐라도 하지 않으면 머리에 꽃 꽂고 나갈 태세였다. 에너지를 쏟을 여러 방편을 찾다가 정착한 것이 계단 오르기였고 하루를 달빛 아래 계단 오르기로 마감했다. 그때도 일이 우선이었던 난 계단 오르기를 하면서도 고객한테 메신저를 보내다가 발이 꼬였는지 계단을 헛디뎠는지 정신 차리니 계단 몇 개를 굴러 퍽 자빠져 있었다. 다행히 뼈에는 이상이 없었지만, 무릎과 손바닥이 깨져 피가 흘렀고 몇 년이 지난 지금도 무릎엔 훈장 같은 검은 흉터가 남아 있다. 이렇게 위험했던 순간을 겪고도 오랫동안 뼛속까지 박혀 있는 내 일중독을 고치는 건 쉽지 않았다.

나갈까, 말까 고민을 두세 번 거듭하다 얼른 운동복을 갈아입고 엘리베이터 앞에 선다. 일단 내려가는 버튼을 누르고 나면 이미 운동의 반은 시작된다. 온전한 휴식을 위해 몇 달 전부터 달리기를 시작했다. 하루 동안 복잡해진 머리를 맑게 비우기 위한 쉼이기도 하지만 생동감 있는 남은 생을 살아가기 위한 선택이기도 하다. 무라카미 하루키가 좋아하는 소설을 평생 쓰기 위해 달리기를 선택한 것처럼 나도 좋아하는 일을 감사하고 겸허하게 받아들이기 위해 달리기로 내 몸을 단련하기로 했다.

어떤 날은 온몸이 노곤해져 그저 소파에 몸을 푹 파묻고 싶은 날도 있다. 하지만 '난 오래 건강한 몸으로 일하고 싶은 사람이었지.'라는 생각을 떠올리며 잽싸게 운동화를 신고 뛰쳐나간다. 요즘은 런데이(RunDay)라는 앱을 켜고 30분 러닝을 하기 시작했다. 벌써 일곱 번째 날까지 인증 도장을 받았다.

10년 전 상하이에서 이 시골 동네를 선택한 이유는 8할이 가로등과 호수 때문이었다. 가로등 밑에 적혀 있는 이백과 두보의 시는 호수와 묘하게 어우러져 정말 남다르게 보였다.

나비들은 뚫을 듯이 꽃에 파묻히고, 잠자리는 물을 찍으며 천천히 날아가네!
아름다운 풍광도 인생처럼 흘러가는 것, 아 좋은 경치를 어찌 아니

즐길 건가.

　호숫가를 거닐며 이런 시구를 읊었을 두보와 술을 마시고 호수에 담
긴 달을 품에 안으러 들어갔을 이백을 천 년 전에도 버드나무는 저 자
리에서 맞이했겠지. 그 옛 시간이 버드나무 줄기 곳곳에 스며들어 나
를 유혹하는 듯했다. 그저 바라보기만 해도 흐뭇했던 호숫가로 뛰쳐
나가는 데까지는 사실 몇 년이 걸렸다. 계절마다 색다른 물빛으로 나
를 유혹했던 호수를 왜 난 진작부터 품지 못했을까.

　버드나무와 시가 적혀있는 시인 두보의 비문과 군데군데 세워져 있
는 누각들은 매번 봐도 새롭다. 호숫가에 여름이 와서 달라진 물 내음
은 후각을 자극한다. 밤 내음에 집중하지 않아도 호수에 녹아 있는 풀
들이 깊어 가는 여름 온도를 이기지 못하고 지쳐가고 있는 게 느껴진
다. 지친 물풀들과 달리 쌩쌩하게 물 위를 유영하는 오리 떼는 자기들
을 스치고 지나가는 수많은 사람을 보기는 하는 걸까?

　나와 반대 방향으로 마주 달려오는 사람들을 관찰하는 것도 즐겁다.
군살 없는 몸매에 딱 붙는 운동복 입은 모습이 완벽한 조화를 이루는
젊은 여자를 보면 어떻게 젊음이 소중하다는 걸 빨리 알아챘을까 하
는 생각이 든다. 난닝구를 입은 배가 볼록한 아저씨는 이제라도 마음
을 잡았구나 추측해 본다. 우리는 서로 모르지만, 행복이라는 같은 목

표를 향해 달리겠지.

내가 달리는 호수는 아마 서안에서 가장 아름다운 밤 풍경을 지닌 곳이 아닐까 싶다. 어쩌면 중국을 통틀어도 이렇게 아름다운 러닝 코스는 드물 것 같다. 호수의 빼어난 풍경을 그냥 둘 수 없었는지 요즘 카페와 바가 많이 들어서고 있다. 달리면서 유리창이 많은 새로 생긴 'unicof'라는 카페를 힐끗 본다. 조만간 내 좋은 친구와 바람 부는 저녁에 저길 꼭 가 봐야지 싶다. 비가 와도 운치 있을 것 같다.

호수를 감싸고 불어오는 밤바람은 특별하다. 도시 한가운데 버드나무들로 둘러싸여 있는 물빛은 달빛에 젖어 흔들린다. 이런 아름다운 풍경에 홀려 무아지경으로 뛰고 있는 순간이 행복하다.

달렸지만 날 멈추게 하는 이 순간 덕분에 매일 나는 새로운 날을 맞이한다.

이게 바로 예술이지. 일상을 예술로 만드는 방법 14

우리 동네에서 가장 아름다운 길은 어디일까요? 그곳에서 바람을 가르며 힘껏 달려 보세요. 가끔은 속도를 줄이고 자연의 향기도 함께 느껴 보시길 바랍니다.

5

몽카페로 출근합니다

✳

신유진

아침이면 출근하는 것이 당연한 것처럼 살아왔다. 잠시의 외도와 휴식이 있었지만 25년 회사에 다녔다. 러시아워를 피해 이른 시간 집을 나와 회사 근처 일곱 시 문 여는 스타벅스 앞에서 영업시간이 되기를 기다렸다. 아무도 없는 커피전문점을 1등으로 출근하는 기분은 꽤 괜찮았다. 손님은 나 혼자뿐인데 큰 소리로 불러 준다.

"플로리아 고객님! 주문하신 샷 추가 아메리카노와 베이컨 치즈 토스트 나왔습니다."

고요함은 잠시, 어느샌가 사이렌 오더로 주문하고 음료를 찾아가는 사람들로 붐볐다. 시끄러워도 익숙하게 나만의 세계에 빠져들었다. 워킹맘인 나는 지금 아니면 시간이 없다는 생각에 아침 시간 치열하게 책을 읽었다. 책의 좋은 문장에 감탄하며 하루 에너지를 채우고 아홉 시가 되기 전 서둘러 사무실로 들어갔다.

점심시간이다. 회사에서 사용하는 전용 에코백에 책 두 권과 독서대를 넣고 부지런히 걸어간다. 카페에 가기 위해서다. 양파 수프와 샐러드, 커피를 주문하고 독서대를 꺼내 그 위에 책을 펼친다. 코로나 시절을 겪으며 혼자 점심 먹는 건 자연스러워졌다. 전염병이 심할 때는 회사의 권고사항이기도 했다. 이런 문화가 나는 좋았다. 부서원끼리는 어쩌다 한 번 점심을 같이 먹었다. 다이어트를 하겠다며 점심을 굶고 걷는 사람, 자리에서 대충 간식을 먹고 게임 하는 사람, 샐러드를 먹고 부족한 잠을 자는 사람, 구내식당에서 밥을 먹고 다른 부서 사람들과 어울리는 사람. 각자 자신만의 시간을 즐기는 것에 익숙해졌다. 코로나 이전에도 나는 혼자 밥 먹는 것을 좋아했다. 다시 바꾸어 말하겠다. 혼자 먹는 것을 좋아하는 게 아니라 혼자인 시간이 좋아 혼자 밥을 먹는 것이다.

임신 6개월에 엄마가 암이라는 사실을 알았다. 세상이 무너졌다. 엄마도 간호해야 했고 부모님 도움 없이 아이를 낳아 키워야 했기에 일을 그만두었다. 결혼해서도 엄마가 해주는 밥을 먹으며 회사에 다녔던 내가 엄마의 식사까지 신경 써야 했다. 아이를 낳고는 졸려도 잘 수 없었고 배고프다고 밥을 먹을 수 없었다. 세상의 중심은 '나'였는데

'나'는 없고 생물학적 욕구마저 내 맘대로 할 수 없는 환경이 믿기 힘들었다. 출산 2개월째, 전 직장 동료한테 좋은 일자리가 있다고 연락이 왔다. 출산 후 몸도 추스르지 못했고 아이를 키워야 해 말도 안 되는 일이라며 전화를 끊었다. 며칠 지나고 생각해 보니 밥이라도 제대로 먹을 수 있는 유일한 탈출구는 회사를 다시 다니는 것뿐이었다. 다행히 엄마는 수술 후 회복되어 가는 단계였다. 면접을 보겠다고 전화를 걸고, 보름 만에 아이와 집안일을 봐주실 이모님을 고용했다. 직장인도 3개월 출산휴가는 다 쓰고 나가는데, 아이 키우겠다며 일을 그만둔 나는 출산 2개월 만에 새로운 회사로 출근했다. 낯선 사람들과 친해지려 애쓰며 밥 먹고 차 마시고. 그것도 중요했지만, 산후조리도 하지 않고 다시 일을 시작한 나는 휴식이 필요했다. 약속도 없으면서 있는 척 무리에서 빠져나와 회사에서 조금 떨어진 카페에 가곤 했다. 그때부터였다. 혼자 있는 시간을 좋아하게 된 건. 회사를 옮길 때마다 나는 나만의 카페를 제일 먼저 탐색했다.

얼마 전 오랜 직장 생활을 그만두었다. 지금까지 내가 하지 않아도 잘 돌아갔던 일들이 내 몫이 되었다.

시리얼과 빵, 비비고 반조리 식품으로 대충 때우던 아침을 이제라도 엄마 노릇 해 보겠다며 서툴게 준비했다. 차려 낸 건 겨우 달걀 프라이와 베이컨, 버터에 구운 식빵뿐인데 싱크대 위에는 포도씨유 기름

병, 달걀 껍데기, 기름 범벅 프라이팬을 닦아 낸 키친타월, 프라이를 뒤집은 뒤집개가 널브러져 있다. 남편과 아이가 나가고 부엌을 대충 치우면 돌려 놓은 세탁기에서 빨래가 다 되었다는 알림이 울린다. 베란다에 나가 빨래를 널고 식탁에 앉으면 청소하지 않은 거실이 눈에 거슬렸다. 꼬리에 꼬리를 무는 집안일을 하다 보면 회의가 든다.

'이러려고 회사를 그만둔 건 아닌데, 주부의 삶이 이런 건가?'

그동안 어떻게 이 많은 일이 굴러갔는지. 딸의 사회생활을 응원한 엄마의 손길이 여기저기서 느껴졌다. 눈 질끈 감고 배낭에 책 두 권과 노트북을 넣고 집을 나섰다.

오늘도 출근했다. 복잡한 지하철을 타지 않아도 되고 막히는 길 버스를 타지 않아도 되는, 걸어서 5분 거리 커피 1,500원 카페로. 집 앞 공원에서 보면 넓은 테라스에 노란색 파라솔과 어닝이 눈에 들어온다. 알 만한 사람은 다 아는 저가 프랜차이즈 커피전문점 빽다방이다. 갈색 간판의 카페베네를 거쳐 빨간 간판 할리스, 지금의 노란 간판 빽다방이 되었다. 나는 이곳을 몽카페라 부른다. 프랑스 말로 나의 카페라는 말. 자주 가거나 좋아하는 카페를 이렇게 부른다. 나와 이름이 같은 신유진 작가의 『몽카페』라는 에세이를 읽고 알게 되었다. 아이 어릴 때 알록달록 ABC 알파벳 벽보와 가나다 한글 벽보를 보면 집안 어느 곳에 시선을 두어도 커피 마실 기분이 나지 않았다. 10분이라도 커피 한잔 마시며 숨 돌리는 시간이 간절했다. 낮잠 자는 아이를 친정 부모님께 부탁하고 나는 이곳에서 혼자 커피를 마셨다. 잠시였지만 충분했다. 아이의 나이만큼 15년 단골 카페다.

오늘은 노트북을 사용할 거라 전원을 연결할 수 있는 창가 바 테이블에 앉았다. 나무가 마주하고 있다. 책을 보다 고개를 들면 나뭇잎이 기다렸다는 듯 살랑살랑 흔들리고 있다. 문이 열린다면 손 내밀어 나뭇잎과 악수할 텐데. 아메리카노를 마셨지만 2,700원에 시원한 미숫가루를 한 잔 더 결제했다. 가만히 혼자 책을 보다 턱을 괴고 창밖을 본다. 커피 한 모금 마시고 지나가는 사람 구경을 한다. 멍하니 있는 시간이 더 많다. 핸드폰 사진첩을 뒤적여 보니, 같은 장소에서 찍은 비슷한 사진들로 꽉 차 있다. 봄, 여름, 가을, 겨울 색이 다른 나무 앞엔 책이 있고 하얀색 텀블러가 놓여 있다. 계절의 변화가 보이는 이 자리에 앉아 감성 충만하게 채워 왔다. 읽고 써온 혼자만의 시간만큼 난 더 괜찮은 사람이 되어 가고 있다.

많이 헤매지 않았다. 어디로 가야 할지 몰라 멈칫하더라도 내가 있는 곳은 늘 몽카페였다. 직장 상사와 껄끄럽게 대화가 오갔을 때 '더러워서 못 해 먹겠네.' 일을 계속해야 하나 숱하게 고민하던 순간 회사 앞 몽카페에서 마음을 달랬다. 남편에게 서운할 때, 사춘기 아들에게 맘 상했을 때도 집 앞 몽카페에 있었다. 커피 한 잔과 책의 한 문장이 나를 위로해 주었다. 어떤 날은 백화점에 가서 아이쇼핑을 하고, 또 어떤 날은 산을 올랐고, 또 어떨 때는 여행을 다니며 뭔지 모르는 마음의 빈자리를 채우려 했다. SNS에서 핫한 신상 카페를 보면 멀리까지 다녀와 기분 전환하기도 했다. 하지만 결국 돌아와 몽카페에 앉으면 여기가 내 자리라는 안정감이 느껴졌다.

그토록 원하던 삶이다. 온종일 읽고 쓰고 하고 싶은 것을 할 수 있게 되었다. 누군가의 지시에 얽매이지 않은 자발적 출근이다. 돈 버는 사람만 출근하라는 법 있나? 나도 나의 일이 있다. 좋아하는 '일'. 집에 있는 아줌마라고 뒤처지지 않을 거다. 나는 이곳에서 두꺼운 고전을 읽고, 경제 기사도 읽고, 미술책도 읽고, 나의 글을 쓸 거다. 회사에 다닐 때처럼 아홉 시 출근하려면 새벽에 일어나 일을 해야 한다. 가끔 못다 한 집안일은 모른 척! 아홉 시 출근 시간을 지킨다.

나는 오늘도 몽카페로 출근합니다.

이게 바로 예술이지. 일상을 예술로 만드는 방법 15

나만의 몽카페가 있나요? 매일 같은 시간에 출근해 보세요. 직장인처럼요. 우리도 좋아하는 '일'이 있잖아요. 그곳에서 책도 읽고 음악도 듣고 멍하니 앉아 일상의 여백을 느껴 보세요.

6

10,950분, 내가 되는 시간

✴

희경

매일 아침, 눈 뜨자마자 온라인 필사 모임 '꿈을 이루는 필사' 단톡방에 올라오는 문장을 확인한다. 6시면 어김없이 그날의 필사 글이 올라온다. 오늘은 이기주 작가의 『보편의 단어』 중 한 구절이다. 좋은 문장의 힘은 세다. 이불 밖으로 나오기 싫어서 미적댈 때도, 억지로 몸을 일으켜 따뜻한 물을 마시고 몸무게를 재는 아침 루틴을 할 때도, 문장이 준 여운이 맴돈다. 손으로 쓰고 싶어져 마음이 조급해진다. 책상에 앉아 작은 등을 켜고 노트와 만년필을 꺼내 놓고서야 안정을 찾는다.

빈 노트를 나의 글씨로 채우는 시간이 왔다. 필사를 위해 특별히 구매한 갈색 양장 커버 노트 위에 만년필로 오늘의 문장을 옮겨 쓴다. 첫 번째 문장은 눈에 담아 옮겨 쓰고, 두 번째 문장은 마음에 담아 옮겨 쓴다. 이제 김훈 작가의 『칼의 노래』를 필사할 시간이다. 전체 필사를 목표로 매일 노트 2페이지 분량을 옮겨 쓰는 중이다. 다음 내용이 궁금해도 정해진 분량만 필사한다. 그날의 이순신 장군과 함께하기 위해서다. 어느 날은 파도 몰아치는 바다에서 몰려오는 적의 전의를 느끼며 몸서리치고, 어느 날은 굶주린 백성들을 지켜보고, 어느 날은 칼이 우는 소리를 듣는다. 장군의 고뇌, 외로움, 고단함을 옮겨 쓰다 보면 한없이 슬퍼진다. 전쟁의 참상 속에서도 꼿꼿한 장군 덕에 힘이 나기도 한다. 눈으로 읽는 것과 손으로 쓰며 읽는 것은 다르다. 읽을 때는 휙 지나가 버린 냄새, 촉감, 맛, 감정 등이 글자 하나하나에 담겨 마음에 새겨진다. 이렇게 필사하는 시간은 단 30분. 30분이면 '나'와 '내가 쓰는 글씨'만이 존재하는 세계 속에 있을 수 있다.

일하고 살림하고 아이 키우면서 나만의 시간을 만들기는 쉽지 않다. 그래서 나는 '단 30분'을 확보하기 위해 노력한다. 가족들이 잠에서 깨어나기 전인 새벽이 제일 좋지만, 새벽 기상에 실패한 날에는 늦은 밤을 활용하기도 한다. 퇴근해서 아이들 저녁밥 차려주고 설거지하고 세탁기 돌려놓고 유튜브를 보면서 늘어지고 싶은 유혹이 몰려드는 바로 그 시간 말이다. 물론 이때는 온전히 필사에만 집중하기는 어렵다. 필사하다 말고 빨래를 널어야 하고, 재활용 쓰레기도 내놓아야 하고, 아이들과 대화도 나누어야 한다. 그 와중에도 나는 필사를 한다. 좋아하는 드라마나 예능프로그램을 틀어놓고서라도 쓴다. 하루가 끝나가는 이즈음, 지친 몸과 마음을 위로하는 데는 빈 노트에 글씨를 쓰는 행위만 한 것이 없기 때문이다. '단 30분'을 만들기 위한 나의 고군분

투는 시간 배분의 문제가 아니라 우선순위의 문제다.

　내 필사는 즉흥적이었으나 나름 심오한 이유를 가지고 시작되었다. 정신없이 일하고 아이를 키우다 보니 딱히 이뤄 놓은 것 없이 50이 되었다. 흰머리가 나고 노안이 왔고 체력이 떨어졌으며 새벽잠이 없어졌다. 밤에 잠을 못 자서 낮에는 커피를 마시지 않는다는 선배의 이야기, 흩날리는 벚꽃을 몇 번이나 더 볼 수 있을까 생각한다는 어르신의 이야기가 이해되는 나이가 되었다. 삶의 유한함에 대한 자각이 몰려들어 우울했다. 다가오는 생일을 미루고 싶던 즈음, 신기한 일이 생겼다. 온 국민이 어려졌다. 떡국이 아니라 미역국을 먹어야 한 살을 더 먹는 '만 나이 통일법'이 시행된 것이다. 언론에서는 '대한민국이 젊어졌다.'라는 기사를 썼고, 사람들은 '서열을 다시 정해야 한다.'라고 농담했다. 들뜬 분위기 속에서 번뜩 이런 생각이 스쳤다. '1년이라는 시간을 한 번 더 살 수 있게 되었구나! 그것도 내 나이 정확히 50에!' 마치 신이 선물을 준 것 같았다. '이제 더는 쫓기듯 살지 마라, 1년 동안 너 자신을 위해 살아 봐라.'라고 하면서. 당장 뭔가를 해야 했다. 두 번째로 주어진 1년이라는 시간이 흘러가고 있었다. 주변을 둘러봤다. 책장에 꽂힌 『영어 필사 100일의 기적』이 눈에 들어왔다. 3~4일 정도 필사하다 그만둔 책이었다. 기적은 바라지도 않았다. 영어 공부도 필요 없었다. 그냥 쓰고 싶었다. 이유는 잘 모르겠지만 손으로 뭔가를 쓰면 편안해질 것 같았다. 집안을 뒤져서 얇은 노트와 필기감 좋은 펜을 찾아냈다. 책에서 안내하는 대로 하루 분량의 영어 문장을 옮겨 적었다. 오래간만에 쓰는 영어는 생소했다. 내 손으로 쓴 글씨가 담긴 노트를 보니, 뭔가를 시작했다는 뿌듯함과 성취감이 느껴졌다. 일단 이 책 제목처럼 100일은 쓰겠다고 마음먹었다. 중간에 포기하지 않도록 인스타그램에 인증도 했다. 만들어 놓고 사용하지 않던 계정이었다. 인증해서라도 나와의 약속을 이어 가고 싶었다. 이렇게 얼렁뚱땅 시작된 필사는 지금도 계속되고 있다.

명상을 배운 적이 있다. 명상 선생님은 자신의 들숨과 날숨의 드나듦에 주의를 기울이다, 잡생각이 나면 애써 몰아내려 하지 말라고 했다. 그 생각을 하는 자신을 관찰하고 다시 호흡에 집중하라고 했다. 필사와 명상에는 비슷한 점이 많다. 필사할 때는 한 문장 전체를 옮겨 쓰려 애쓴다. 한 문장을 눈에 담고 입으로 중얼거리면서 옮겨 쓰다 보면 다른 생각을 할 수 없다. 자신의 호흡에 집중하듯 만트라를 암송하듯, 온전히 그 문장에만 집중한다. 그러다 오자가 생겨서 수정테이프를 찾다 보면 다른 생각을 했다는 것을 알게 된다. 잡생각을 한 나를 탓할 필요는 없다. 오자를 수정한 후 다시 문장 쓰기에 집중한다. 이렇게 한 문장, 한 문장 마음을 모아 옮겨 쓰다 보면 무념무상, 고요의 상태에 이른다. 급작스럽게 직장에서 그만두게 되었을 때, 남편 때문에 마음 상했을 때, 아이들 걱정할 때, 이유 없이 우울할 때, 나는 명상하듯 필사하며 하루하루를 버틸 수 있었다. 쓰는 행위 그 자체가 나를 돌봤다. 쌓여가는 필사 노트가 나에게 '무언가를 매일 조금씩 꾸준히' 하는 느낌을 알게 해 주었다.

"매년 새해가 시작되면 당신은 시간 은행 계좌에 525,600분을 예치해 둔다. 이 시점에서 중요한 질문을 하나 한다면, '그 시간을 모두 어디에 쓸 것인가'라는 것이다. 당신은 바로 지금, 이 순간에 자신이 보유한 그 귀중한 시간을 어떻게 쓰고 있는가?" 어느 날 필사한 지그 지글러의 책 『시도하지 않으면 아무것도 할 수 없다』 속 문장이다. 신은 나의 은행 계좌에 525,600분을 한 번 더 예치해 주었다. 나는 그중 10,950분을 필사에 사용했다. 그리고 치유, 편안함과 안정감, 성취감, 좋은 문장이 주는 기쁨, 창조의 만족감 등을 얻었다. 신이 나에게 준 선물을 던져 버리지 않고 소중히 간직하며 돌보았으니, 보너스로 무언가를 계속 주고 계신 것은 아닐까, 상상해 본다. 아니, 어쩌면 '시간' 그 자체가 신의 선물일지도 모르겠다. 그것을 붙잡을지 흘려버릴지는 인간의 선택이다. 오늘도 나는 하루 중 30분의 시간을 온전히 나를 위해 붙잡는다. 펜과 노트를 챙겨 들고.

이게 바로 예술이지. 일상을 예술로 만드는 방법 16

내 손으로 글씨 쓰는 즐거움을 누려 보세요. 내 취향의 노트와 펜을 마련하고, 내가 좋아하는 책 속 한 문장, 한 문단을 옮겨 적어요. 노트에 손으로 쓴 문장을 SNS에 공유해 필사하는 기쁨을 함께 나눠요.

7

사과를 솎아내듯이

✳

이숙희

"진짜 대단하다.", "너는 부지런하니까.", "너니까 잘할 수 있는 거지."

내가 자주 듣는 말이다. 전부 과대평가된 말인데 들을 때마다 멋쩍고 불편하다. 나에 대한 과대평가는 할머니로부터 시작된 것 같다. 초등학교에 입학하고 첫 통지표를 받아오던 날이었다. 돌아가시는 날까지 이름 석 자밖에 몰라 평생 못 배움이 한이었던 할머니에게 전 과목이 '수'인 내 통지표는 그야말로 경사였다. 할머니는 수수떡을 했고, 동네 사람들을 불러 모아 마을 잔치를 벌이며 나를 격찬했다. 할머니의 기대가 온 동네의 기대로 바뀌었다. 대단한 무언가가 되고 싶다거나 남들보다 더 뛰어나고 싶다는 야망 같은 건 날 때부터 없었던 나는 사람들이 하는 평가에 맞춰 살게 됐다. 엄마로, 아내로, 딸로, 며느리로, 직장 동료로 부족함 없이 잘 해내야 한다는 일종의 강박 같은 걸 갖게 되었다. 피곤함과 무기력함은 의지의 문제라고 생각했다. 어쩌면 그 과대평가로 인해 지금의 내가 있는지도 모르겠지만 요즘 들어 자꾸 멈칫하게 된다. 정작 내 삶에서 중요한 것을 놓쳐 버린 건 아닌지 이유 없이 눈물 나는 날이 많아졌다. 4년 후면 내 나이도 쉰, 지금 이대로 괜찮은 걸까?

내가 태어나기 전부터 부모님은 과수원 농사를 지으셨다. 매년 봄이 되면 과수원에는 연분홍색이나 하얀 사과꽃이 핀다. 보통 사과꽃은 짧은 가지 끝에 대여섯 개가 뭉쳐서 피는데 그중 가장 잘 자랄 것 같은 것만 남기고 나머지는 잘라내야 한다. 이 작업을 적과(摘果)라고 한다. 많은 사과를 얻으려고 욕심을 내 꽃을 많이 남겨두면 나중에 사과가 됐을 때 예쁜 색이 나지 않는 것은 물론 맛과 상품성이 떨어지고 해거리하게 된다. 해마다 잠깐이라도 부모님의 과수원에서 사과 적과 작업을 돕는다. 과수원집 딸이라고는 하지만 전문 농사꾼이 아닌 내게 적과 작업은 매번 어렵다. 한 해 농사를 좌우하는 매우 중요한 작업인 데다 촘촘하게 달린 열매 중 딱 하나만 선택해야 하기 때문이다. 나처럼 적과를 어설프게 해본 사람들은 안다. 사과가 되기 전 열매의 모습은 다 똑같다는 것을. 적당히 과감하게 잘라내면 되지만 순간의 판단으로 상품성이 되느냐 마느냐가 결정되는 거라 신중해질 수밖에 없다는걸! 문득 어떤 게 잘 솎아내는 건지 솎아낸다는 말의 정확한 의미도 궁금해졌다. '솎아낸다.'라는 건 '솎는다.'와 '내다.'가 합쳐진 말이다. '솎는다.'는 촘촘히 있는 것을 군데군데 골라 뽑아 성기게 하는 것, '내다.'는 변화가 생긴다는 뜻이 있다. 군데군데 뽑아야 변화가 생기다니 전에 없던 묘한 설렘이 생기면서 솎아낸다는 말이 마음에 들었다.

2년 전 우리 집 꼬맹이는 키우던 도마뱀을 입양 보내는 조건으로 반려식물을 키우고 싶어 했다. 파충류보다는 식물이 낫겠다 싶어 화분을 한두 개 들이기 시작했는데 그새 꽤 많은 식구가 생겨 팔자에 없는 식물 집사 노릇을 하고 있다. 반려식물이라고 함께 지내다 보니 저마다 애정이 생겼다. 그중 핑크 프린세스라는 식물은 아주 귀한 실내 식물 중 하나다. 이름이 예뻐서 충동구매를 했지만, 환경에 따라 예쁜 핑크빛을 보여 줘 유독 정이 가는 녀석이다. 애지중지 2년을 키워 왔는데 요즘 보니 위로 키만 쭉 늘려 놓은 것 같은 모양새다. 괜히 약해 보이고 전처럼 예뻐 보이지 않았다. 핑크 프린세스도 변화가 필요한 때가 온 건가? 인터넷으로 검색해 보니 더 예쁘게 자라기 위해서는 봄과 여름에 불필요한 가지나 색이 변한 잎을 과감하게 잘라 줘야 한단다. 막상 가지를 자르려니 사과나무 적과와는 좀 달랐다. 가는 줄기에 양쪽으로 두세 개의 가지가 뻗은 모양인데 몇 가닥 안 되는 가지를 잘라 내려니 아깝기도 하고 이러다 아예 죽어 버리면 어쩌지 걱정도 됐다. 그렇다고 그냥 두자니 웃자란 가지가 눈에 거슬렸다. 에라, 모르겠다. 가장 약해 보이는 가지를 과감하게 잘라 버렸다. 막상 자르고 보니 걱정했던 것보다 건강해 보이는 것 같고, 더 귀여워진 것도 같다.

핑크 프린세스의 가지를 자르면서 문득 나는 잘살고 있는 건가 하는 생각이 들었다. 생각해 보니 살면서 정작 나를, 내 마음을 제대로 들여다본 적이 한 번도 없었다. 20년째 프리랜서로 일하는 나는 집이 곧 직장, 직장이 곧 집이다. 남들은 집에서 편하게 일하니 좋겠다지만 현실은 그렇지 않다. 매일 아침 남편과 아이가 나가고 나면 어수선한 집안을 정리하는 것으로 내 일과가 시작된다. 청소기를 돌리고, 빨래를 모아 세탁기에 넣고, 설거지하는 등의 기본적인 집안일부터 사소하지만 꼭 해야 할 일까지 끝내고 나면 한나절이 지나고 그제야 겨우 자리에 앉을 수 있다. 그러다 보니 일이 밤낮없이 이어지기가 부지기수다.

"자기는 왜 하루 종일 일만 해?"
"엄만 일하는 게 재밌어?"

우리 집 두 남자가 나에게 자주 하는 말인데, 이런 말을 들을 때마다 억울한 마음이 든다. 종일 쉬지 않고 움직였는데 왜 나는 계속 일만 하고 있는지 사실 나도 잘 모르겠다.

문득 나무도 반려식물도 불필요한 부분을 잘라 내야 새잎을 내듯 내 삶에도 솎아내기가 필요한 때라는 생각이 들었다. 그래야 순간순간 더 몰입하고 일상을 더 충만하게 보낼 수 있을 것 같았다. 쉽진 않겠지만 일단 남의 기준, 사회의 기준에 맞춰 살아온 삶의 순서부터 나로 바꿔 보기로 했다.

'매일 아침 나도 화장하고 예쁜 옷을 챙겨입고 내 자리로 출근해야지.'

'지금껏 미덥지 않아 기어이 내가 하고야 말았던 집안일도 조금씩 남편과 아들에게 나눠줘야지.'

그렇게 조금씩 내 삶도 슈아낼 것을 다짐해 본다. 햇살이 스며드는 여름날, 싱그러운 초록색 반려식물들을 보면서. 요즘 나는 일상도 마음도 조금은 헐렁해도 괜찮다는 것을 경험하고 있다.

이게 바로 예술이지. 일상을 예술로 만드는 방법 17

중요한 것만 남기려면 내 마음을 복잡하게 만드는 것을 버려야 해요. TO DO LIST보다는 DON'T LIST를 써 보는 거 어때요?

8

내게 그림 같은 집,
초록 창가에 앉아

✳

이윤미

2월 초 첫 삽을 떴다. 처음 내 손으로 집을 짓는다는 생각에 아직 찬 바람이 부는 날씨인데도 추운지도 몰랐다. 먼지를 뒤집어써도 좋았다. 결혼생활 25주년을 기념하여 우리가 꿈꾸어 오던 주택 짓기를 결정했다. 아파트 가격이 천정부지로 오르고 있을 때라 주택을 짓는다고 하니 주변에서 우려의 목소리도 있었다. 주택은 나중에 거래가 쉽지 않다는 것을 안다. 그런데도 우린 집짓기를 계획대로 진행했다. 그동안 틈틈이 땅을 보러 다니던 중이라 마음에 드는 한곳을 고를 수 있었다. 택지 계발 지구에 있는 땅으로 주변이 아파트 단지로 조성되어 있어 걸어서 마트나 병원, 학교에 갈 수 있는 곳이다. 도심 속 전원 마을이라 앞쪽으로는 숲을 볼 수 있고 다른 방향에서는 도시를 내려다볼 수 있는 집터였다. 공사를 시작하려고 하니 코로나 이후라 자재비가 급격하게 치솟기 시작했다. 오늘 견적을 내는 것이 가장 저렴하게 집을 짓는 거라고 많은 분이 이야기했다. 우리는 최소한의 비용으로 최대의 효과를 내야만 했다. 건설회사에 다니는 남편이 적극적으로 공사 과정에 참여하기로 했다. 시공사 선정을 위해 여러 곳에 미팅을 잡고 그중 한 곳을 선택하여 공사를 시작할 수 있었다. 설계 도면을 그리기 시작한 남편이 갑자기 노래를 흥얼거린다.

"우리 집은 내 손으로 지을 거예요, 울도 담도 쌓지 않는 그림 같은 집."
"그렇게 신나요?"
"그럼, 가슴이 두근두근해, 내 손으로 내 집을 설계하다니. 이거 꿈 아니지? 정말 잘 지을 거야."

우린 최대한 단순하게 자투리 공간도 남지 않는 알찬 집을 원했다. 자정이 넘어가기 전 남편이 설계 도면을 보여 준다. 정말 군더더기 없는 네모반듯한 이층집을 그려 냈다. 1층에는 방 한 개, 거실, 주방, 화장실을. 2층에는 방 세 개, 화장실 한 개를 그렸다. 거실 천장은 개방감 있도록 높게, 2층에서 내려다볼 수 있는 구조로 결정했다. 단순하고 모던한 집 모양이 나도 마음에 들었다. 넓은 잔디마당을 가지고 싶던 우리는 집의 크기를 줄이고 마당을 넓게 쓰기로 했다. 마당에 잔디를 깔고, 소나무와 단풍나무 그리고 딸이 좋아하는 블루베리 나무도 심기로 했다. 골조가 올라가고 집 모양이 보이기 시작한다. 2층에서 산의 초록 풍경을 보니 마음이 설렜다. 남편은 매일 퇴근 후 공사 현장에 가는 것으로 일과를 마무리했다. 지붕을 올리기 전까지 비 한번 내리지 않는 화창한 날씨였다.

'하늘도 우리를 도와주는구나!' 하는 생각이 들었지만 좋은 일만 있는 건 아니었다.

민원이 들어왔다. 동사무소를 들락날락하며 하나씩 일을 해결해 나갔다. 과연 이 집을 완공할 수 있을지. 완공해도 내가 여기 들어와 이웃집 사람들과 인사를 하며 아무렇지 않은 듯 지낼 수 있을까? 집을 팔아야 하나 전세를 줘야 하나 불안감이 밀려왔다.

결혼 25년 차 열두 번의 이사를 했다. 신혼 때는 엄지손가락만 한 바퀴벌레가 나오는 반지하 방에서 아들을 키웠다. 30년 넘은 빌라에서 주인 할머니의 짐은 한방에 몰아놓고 우리는 단칸방에서 살기도 했다. 겨울이면 수도관이 얼어 뜨거운 물이 나오지 않아 애를 먹었다. 아들은 그 집을 곤충이 많이 살던 집으로 기억하고 있다. 아들이 네 살 무렵 남편이 잘 다니던 직장을 그만두고 다른 일을 해보겠다고 하더니 사기를 당했다. 앞으로 어떻게 살아가야 할지 막막했다. 엄마가 소식을 듣고 친정으로 들어와 살라고 했다. 염치없지만 이삿짐은 창고에 맡기고 친정집에서 살았다. 딸이 딱해 보이셨던 엄마는 월세 보증금을 마련해 주었다. 작은 빌라에 살며 일자리를 구했다. 남편은 낮에는 직장에 다니고 밤에는 대리운전하면서 쉴 틈 없이 일했다. 2년 후 작은 아파트를 살 수 있었다. 다행히 우리가 산 아파트 가격이 올라 기반이 마련되었다. 그 후 여러 번의 이사를 했다. 나에게 집은 단순히 예산에 맞추어 사는 게 우선이었다. 그러다 보니 내가 마음에 들어서 살고 싶은 집에서 살아보지 못했다. 25년의 세월이 흘렀다. 이제 나는 내가 그리던 집에서 살기 위해 집을 짓고 있다. 지난 세월 어렵고 힘든 시간을 보내며 누구보다 열심히 살아온 우리 가족이기에 이 공간이 더 특별하게 다가온다.

설레었던 시간, 힘들었던 시간이 지나고 드디어 7월에 준공할 수 있었다. 준공이 나던 날, 정원에서 파라솔을 펴고 우리 가족끼리 축하파티를 했다. 술을 못 마시는 우리는 무알코올 와인으로 축배를 들고 삼겹살을 구워 먹었다. 한여름 땡볕 아래 있는데도 마냥 좋기만 했다.

"여보, 그동안 수고 많았어요. 집을 지으면 10년은 늙는다더니 당신 흰머리가 많이 생겼네요?"
"한번은 지어도 두 번은 못 짓겠다. 그만큼 행복하게 살면 되지!"

사계절을 보내고 두 번째 봄을 맞았다. 비가 내린 후 정원의 싱그러운 봄기운을 만끽하고 땅에서 올라오는 흙 내음과 바람결에 날리는 꽃내음을 맡으며 매일 자연과 함께 살아간다. 이른 아침이면 이름 모를 산새들의 지저귐에 눈을 뜬다. 그 어떤 알람 소리보다 기분 좋게 하루를 시작하게 해 준다.

커다란 창으로 봄과 여름의 풍성한 나무를 본다. 가을엔 빨강 노랑 예쁘게 물든 나뭇잎을, 겨울엔 하얗게 눈 덮인 설경을 만끽한다. 사계절 모두 갤러리처럼 나의 눈을 호강시켜 준다. 가족이 모두 나가면 내가 제일 좋아하는 다이닝룸에서 혼자만의 시간을 즐긴다. 한적하고 여유로운 이 시간이 좋다. 창문을 연다. 신선한 아침 공기를 마시며 푸른 하늘을 본다. 살랑살랑 불어오는 풀숲의 향기는 언제 맡아도 상쾌하다. 무성한 초록 잎 사이로 보일 듯 말 듯, 노란 풀꽃들과 나풀나풀 날아다니는 흰나비 한 쌍이 눈에 들어온다. 매일 나만을 위해 자연이 내어주는 선물 같은 시간이다.

여러 번의 이사와 집을 지으며 기쁨과 슬픔, 고통과 불안의 감정을 다 겪었다. 삶이 늘 그랬듯 이 집에서도 복작거리며 또 하루를 산다. 모든 날은 온전히 행복하지도 불행하지도 않다는 걸 이제야 알겠다. 그러니 주어진 일상을 덤덤하게 받아들이며 살아갈 수밖에. 내가 앉아 있는 자리에서 창밖으로 담쟁이덩굴이 보인다. 이 계절이 지나가면 또 다른 빛깔로 물들겠지.

오늘따라 집안에 들어오는 햇살이 눈부시다.

이게 바로 예술이지. 일상을 예술로 만드는 방법 18

우리 집에서 바깥 풍경이 잘 보이는 공간은 어디인가요? 차 한잔 마시며 갤러리에서 그림을 감상하듯 계절에 따라 바뀌는 창밖의 모습을 감상해 보세요.

9

버지니아 울프와 함께 걷기

✳

정가주

구글맵을 켜고 뉴욕 공립 도서관을 향해 걸었다. 말로만 듣던 엠파이어스테이트 빌딩, 락펠러 센터를 눈으로 보면서. 자유롭게 길을 걷는 수많은 무리에 섞여 공립 도서관에 도착했다. 입구에서 짐 검사를 마치고 안으로 들어가니 1층 로비에서 전시가 열리고 있었다. 전시의 주제는 'Treasures'였다. 125년 역사를 가진 도서관이 수집한 5천 600만여 점의 소장품 가운데 말 그대로 '보물'이라고 부를 수 있는 특별하고 귀중한 물품 250여 점을 일반에 공개한 자리였다. 모자르트, 베토벤의 악보와 『올리버 트위스트』, 『크리스마스 캐롤』을 쓴 찰스 디킨스의 책상과 의자, 콜롬버스의 편지, 셰익스피어의 극 모음집 등 자세히 보지 않으면 그냥 평범하고 오래된 일상의 물건들이 '보물'이라는 전시 공간에 진열되어 있었다. 그중에서도 내 마음을 끈 것은 버지니아 울프의 워킹 스틱과 일기장이었다. 빛바랜 노트에 빼곡하게 적혀있는 글씨, 자세히 보지 않았더라면 아마도 그냥 지나치고 말았을 것이다.

울프는 매일 읽고 쓰고 걸었다. 혼자 산책하면서 생각하고 영감을 얻었다. 그녀가 지녔던 워킹 스틱이라니! 산책하며 자신의 삶을, 기쁨과 슬픔을, 글을 생각했던 울프의 일상이 작은 워킹 스틱에 담겨 있는 듯했다. 보는 둥 마는 둥 빨리 나가자는 아이의 성화에 팜플렛을 챙겨 급하게 나왔지만, 한국에 온 지금도 그때 뉴욕 공립 도서관에서의 전시가 기억에 남는다.

내게도 보물처럼 느껴지는 순간이 있다. 일요일 오전, 늦은 아침을 준비하고 후다닥 청소기를 밀고 현관문을 나선다. 가방에 노트북, 다이어리와 빌렸던 책을 넣고 도서관으로 향한다. 집 앞에 있는 작은 도서관이라 휴일엔 앉을 자리가 부족하다. 가져간 책을 반납한 후 나만의 자리를 찾는다. 햇살이 들어오는 창가 자리, 아직 몇 자리가 남아 있다. 블라인드를 살짝 올리고 창문을 연다. 메모해 둔 책을 찾으러 서가 사이를 걷는다. 읽고 싶었던 책을 우연히 만나는 순간도 있다. 몇 권 뽑아 자리로 돌아와 책을 읽는다. 한 권은 『글 쓰는 여자들의 공간』, 또 한 권은 『소설가의 사물들』이라는 책이다. 옆자리엔 여학생이 공부하고 있다. 패드를 보며 인강 듣고 노트 필기를 한다. 왼쪽엔 어느 여자분이 책을 쌓아 두고 한 권씩 본다. 무슨 책일까 궁금해 힐긋 보니 요리책이다. 그 옆으론 남학생이 엎드려 자고 있지만 노트북 영상은 계속 돌아가고 있다. 허리를 쭉 펴고 뭉크 책을 폈다. 미술관 북클럽 멤버들과 함께 읽는 책이다. 〈칼 요한 거리의 저녁〉 그림을 보며 노르웨이 오슬로의 거리를 상상한다. 유튜브에 오슬로라고 검색하니 칼 요한 거리 영상이 나온다. 맑고 깨끗한 거리를 걷는 사람들을 보며 나도 언젠가 노르웨이의 뭉크 미술관을 꼭 가야지 마음먹는다. 그림을 보고 책을 읽다 보면 시간이 금방 간다. 한 시간이 넘으니 아들에게 문자가 온다. '심심해.' 혼자 있는 시간은 싱겁게 끝나고 만다. 집에 있을 아이를 생각하면 마음이 급해진다. 책도 더 읽고 싶고, 글도 쓰고, 혼자 멍때리기도 해야 하는데. 자꾸만 재촉하는 아이 때문에 서둘러 짐을 챙겨 자리에서 일어난다.

엄마의 시간은 늘 쫓기듯 지나간다. 살림하고 아이들을 챙기다 보면 훌쩍 하루가 간다. 오후가 되면 에너지가 소진되고 아무것도 못 했다는 생각에 우울하기도 하다. 그런 날들이 계속되면 이제는 나를 위한 시간을 만든다. 엄마로서 해야 할 일보다는 나를 위한 일을 한다. 오로지 나를 우선순위에 둔다.

평일 아침, 아파트 단지 안에 있는 카페에 간다. 커피 마시며 책을 읽거나 글을 쓴다. 그러다 눈이 뻑뻑해지면 밖으로 나온다. 아파트 앞쪽으로 이어지는 산책로로 향한다. 시시각각 날씨에 따라, 걷는 사람들에 따라 보이는 풍경이 다르다. 어느 날은 솔솔 풍겨오는 빵집 문앞에 멈춰 크루아상을 하나 사 오기도 하고, 어떤 날은 담쟁이덩굴 올라가는 모습을 보고 사진을 찍기도 한다. 비 오는 날, 지나가는 사람들이 없을 때는 큰길 쪽으로 나가는 도로로 살짝 빠져 걷기도 한다.

중요한 건 혼자 걷는다는 것이다. 나만의 퀘렌시아다.

퀘렌시아는 몸과 마음이 지쳤을 때 휴식을 취할 수 있는 나만의 공간. 또는 그러한 공간을 찾는 경향을 의미한다. 원래 퀘렌시아는 스페인어로 '애정, 애착, 귀소 본능, 안식처' 등을 뜻하는 말로, 투우 경기에서는 투우사와의 싸움 중에 소가 잠시 쉬면서 숨을 고르는 영역을 이른다고 한다. 투우장의 소가 퀘렌시아에서 잠시 숨을 고르고 다음 싸움을 준비하는 것처럼 우리에게도 남에게 방해받지 않고 지친 심신을 재충전할 수 있는 자신만의 시간과 공간이 필요하다. 꼭 카페가 아니더라도 집 안에 나만의 공간을 만들어 잠시 쉬어 가는 시간을 누려도 좋다. 혼자 책 읽고 그림을 보고 음악을 듣고 글을 쓰는 시간, 내 안의 보물을 찾는 순간이다. 'Treasures' 전시에서 본 버지니아 울프의 일기장과 워킹 스틱을 다시 떠올린다.

별것 없는 내 일상이 '보물전'에 전시된다면, 나는 어떤 순간을, 어떤 물건을 남기고 싶은가? 누구에게 나는 어떻게 기억되고 싶나.

전시되어 있던 보물은 사실 별것이 아니다. 그저 예술가 자신의 일상을 통과한 물건들이었다. 그들과 오래 꾸준히 함께했던 것들, 매일을 살아내며 고민하고 축적했던 손때 묻은 것이었다. 아침마다 끄적거리는 일기장, 책에 밑줄 그을 때 쓰는 연필, 아끼는 책들, 지갑에 꽂아 둔 아이들의 사진 같은. 시간이 지날수록 뭉근하게 빛이 나는 것들이다. 매일 기록하고 악보를 그리고 누군가에게 편지를 보내고 책을 읽고 일기를 쓰고 산책하는 그 행위가 가장 빛나는 순간이었다는 것을 그들은 알고 있었겠지.

이것저것 헤매며 의도적으로 마음 방랑의 시간을 갖는다. 매일 산책하고 사색에 잠겼던 울프의 길을 따라 나도 산책길에 나선다. 아카시아 열매가 흐드러진 길을 따라 물이 흐르는 아스팔트 길을 걷는다. 화창한 하늘과 들꽃 핀 길을 걷는 사람들이 많다. 같은 길을 걷지만, 이 시간만큼은 혼자가 되는 시간이다. 아름다운 자연을 감상하며 나만의 퀘렌시아로 들어간다. 울프와 함께 길을 걷는다. 생각한다. 가만히 멈추어 선다.

이게 바로 예술이지. 일상을 예술로 만드는 방법 19
나만의 퀘렌시아를 찾아보세요. 버지니아 울프의 『울프 일기』를 읽으며 일기를 쓰다 보면 진짜 내가 가진 보물을 발견하게 될지도 몰라요.

10

토피넛 라테에 꿈을 싣고

✳

최은정

남편에게 카톡으로 주문을 넣는다. '퇴근길에 이디야 아이스 토피넛 라테 사다 줘. 휘핑크림은 빼고.'

서른넷, 봄. 좀 늦은 나이에 결혼해서 그해 초겨울에 첫째를 임신하고 다음 해 7월 나의 1호를 만났다. 유난히도 더웠던 여름이었다. 나의 신혼은 서울 강서구 작은 아파트에서 시작되었다. 1호에게 모유를 먹이며 8층 집 거실 창문 밖을 내려다보면 바로 앞에 투썸 플레이스와 이디야가 있다. 50일 된 신생아를 안고 모유를 먹이는 엄마에게는 선풍기 바람도 조심스러웠던 때였다. 그 시절 가장 큰 소원은 에어컨 빵빵한 카페에서 아이스 아메리카노를 벌컥벌컥 마시는 것이었다. 모든 게 조심스러운 첫째 엄마였던 나는 커피는 꿈도 못 꾸고 만삭 때쯤 처음 먹어 본 이디야 아이스 토피넛 라테를 생각해 냈다. 매일 저녁 남편의 퇴근 시간이 되면 나는 남편에게 카톡으로 아이스 토피넛 라테를 주문했다. 카톡을 보내고 나서는 아이를 재우고 먹이고 씻기며 남편을 기다렸다. 정확히는 아이스 토피넛 라테를 들고 올 남편을 말이다. 남편은 1호가 100일이 될 때까지 거의 매일 아이스 토피넛 라테를 배달해 주었다. 남편이 퇴근하면 아이를 남편에게 맡기고 잠시 나만의 시간을 가졌다. 토피넛 라테 한 모금이 그날 하루의 피곤함과 함께 식도를 타고 쭉 아래로 내려갔다. 음료를 마시는 중간중간 오도독 오도독 토피넛 씹는 소리가 기분마저 좋게 만들어 주었다. 매일 저녁 작은 아파트 소파 한구석에 있는 나만의 카페에서 아이스 토피넛 라테를 마시며 나의 커리어를 어떻게 지속해 나갈지 생각해 봤다. 집에서 일하는 엄마의 시작점이 된 순간이었다. 아이를 낳기 전 나는 영어유치원과 초중등 어학원 강사로 일했었다. 양가 부모님에게는 아이를 맡길 수 없는 상황이어서 직접 키우며 일을 유지할 방법들에 대해 고민하기 시작했다. 1호가 어린이집에 갈 때쯤 1호와 할 수 있는 수업을 구상하면 일과 육아를 같이 할 수 있겠다 싶었다. 그래서 나는 1호가 6개월쯤 되었을 때 동네 영어 유치원의 부원장으로 들어가 다시 일의 감을 채우기 시작했다. 1호는 평일 5일 동안 친정엄마에게 부탁하였다. 딱 1년 만이라는 조건과 함께. 조건이 끝날 때쯤 나는 2호를 출산하고 지금 사는 광교로 이사를 왔다. 2호가 3살이 될 때까지는 육아하면서 수업을 구체적으로 정리하기 시작했다. 1호를 키우며 알게 된 영어 그림책과 내가 평소에 관심이 있었던 클래식 음악과 명화 그림들을 좀 더 공부하며 수업과 접목하고 싶었다. 그리고 1호와 2호가 6세, 4세가 되던 가을, 어린이 영어 문화원 홈 클래스를 시작하게 되었다.

아이더 검은색 백팩에 노트북, 갤럭시 버즈, 필기도구, 노트, 조원재 작가님의 『삶은 예술로 빛난다』를 넣고 집을 나섰다. 아파트 정문을 나서며 다리 양쪽에 흐르는 개울 소리에 귀를 열고 코를 찌를 듯한 아카시아 향을 크게 한번 들이마시고 배에 힘을 주고 걷는다. 우리 동네 스타벅스까지는 걸어서 10분~15분 정도가 걸린다. 요즘처럼 더위가 기승을 부리는 날에는 짧은 거리도 에어컨 틀고 운전해서 가고 싶지만, 우리 동네 스타벅스가 있는 빌딩에서는 스타벅스 손님 주차를 받지 않는다. 활동량이 적은 집에서 일하는 엄마인 나는 운동하는 시간이라 생각하며 운전에 대한 마음을 접고 선글라스를 매만져 본다. 가는 길 중간쯤에 있는 아이들 초등학교 쪽으로 습관적으로 눈을 돌려 휙 한번 둘러보기도 하고 학교 맞은편에 있는 시립 도서관 쪽으로 눈을 돌려서 오늘은 도서관으로 가 볼까 하고 잠깐 생각해 본다. 그러다 노트북 타자 치는 소리에 대한 지적을 한번 받은 생각에 고개를 돌려 계속 가던 길을 걷는다. 작은 터널을 지나 광교역 사거리 신호등 커다란 파라솔 아래서 잠깐 선글라스를 벗고 바로 보이는 스타벅스 간판을 쳐다본다. 오전에 아이들 등원을 시키고 간단한 살림을 하고 나서면 10시 전후쯤 도착한다. 스타벅스 문을 열고 카카오페이를 열어 선물 받은 쿠폰을 확인해 봤다. 남은 쿠폰은 3개. 커피 두 잔과 케이크 세트는 혼자 먹기는 부담스럽다. 주로 아이스 아메리카노를 주문하지만 가끔은 당을 채워 줄 달콤한 음료가 필요하다. 단 것을 그리 좋아하지 않는 나에게 토피넛 라테는 당을 채워 주기에 적당한 달콤함을 지니고 있다. 아무 생각 없이 아이스 토피넛 라테를 주문했다.

"토피넛 라테는 겨울 상품이에요." 직원은 이 말과 함께 작은 목소리로 덧붙였다.

"아이스 토피넛 라테는 이디야요."

주문한 아이스 아메리카노를 들고 2층으로 올라가서 제일 먼저 하는 일은 맨 끝 쪽 일렬로 나열된 소파 테이블에 자리가 있는지를 확인하는 것이다. 오전 10시쯤에는 늘 두세 자리가 남아 있다. 아침 시간에 서두르는 이유이다. 소파에 앉아 땀을 좀 식히며 주위를 둘러보니 대부분 근처 경기대 학생들이 각자의 노트북 스크린에 눈을 고정하고 키보드를 두드리고 있다. 시선을 바로 마주 보이는 통창으로 옮겨 본다. 그리고 머릿속으로 할 일들을 잠시 정리해 본다. 하나하나 할 것들이 머릿속에 정리되면 핸드폰을 꺼내서 공동체 성경 읽기 앱을 켠다. 오늘의 분량은 에스라 4장에서 6장까지이다. 스타벅스에서 책을 읽거나 글을 쓰기 전 나만의 의식이라고 할까? 성경 말씀을 읽고 할 일을 시작하면 집중이 훨씬 잘 된다. 오늘은 준비하고 있는 『영어 그림책, 아이와 취향 나누기』(가제)를 쓰는 날이다. 영어 그림책+에세이+명화+클래식 음악이 버무려진 글을 쓰고 있다. 마감을 넘긴 원고들을 2개 정도 열어 놓고 갤럭시 버즈를 꺼낸다. 습관적으로 요즘 일할 때 듣는 엔니오 모리코네 모음곡 제목을 쭉 훑어본다. 〈Gabriel's Oboe〉, 〈Love Theme From Cinema Paradiso〉, 〈Once upon A Time in The West〉, 〈Cinema Paradiso, 〈Love Affair〉 등. 그러다가 오늘 써야 하는 글에서 내가 추천한 차이코프스키의 호두까기 인형 중 눈송이 왈츠를 재생한다. 초여름, 눈송이 왈츠를 들으며 3년 전 크리스마스 때로 잠시 머릿속 순간 이동을 해 본다. 아이들과 처음으로 간 〈호두까기〉 발레 공연 속으로. 주문하지 못한 따뜻한 토피넛 라테의 달콤함을 기억하며 오늘 분량의 글을 쓰기 위해 키보드를 두드려 본다. 어린이 영어 문화원을 시작한 지 7년이 되는 해이다.

토피넛에서 토피는 캐러멜화한 설탕, 버터, 밀가루를 섞어 만든 영국 전통 간식이다. 그래서 영국 배경인 『해리포터』를 보다 보면 해리포터가 처음 간 허니 듀크 과자가게에서 통통하게 생긴 토피 사탕을 보고 놀라는 장면이 있다. 생후 50일 때부터 토피넛 라테가 들어간 모유를 먹은 1호는 『해리포터』 덕후가 되었고 1호와 함께 영화를 보며 이 토피넛이 토피넛 라테의 토피넛인가 하면서 같이 찾아봤던 기억이 있다. 그 작은 아이가 이제는 6학년이 되었다. 작은 거실 소파 한 모퉁이에서 가만히 멈춘 시간들 속에서 피어난 꿈들은 아이가 자라면서 함께 커 가고 있다.

이게 바로 예술이지. 일상을 예술로 만드는 방법 20

이번 겨울, 이디야에서 토피넛 라테 한 잔 어때요? 따뜻한 리테를 마시면서 5년, 10년 안에 이루고 싶은 꿈을 써 보세요. 꼭 이루어질 거라고 마음속으로 응원하면서!

3장

좋아하는 것을
가까이에

1

자연에서 보물찾기

✳

김민경

　도시에 살 때는 산에 자주 올랐다. 경칩이 지나면, 개구리알을 찾는 아들 덕에 봄 산을 실컷 즐겼다. 고성으로 이사와 매일 바다에 나가느라 산을 잊었다. 달력에서 경칩을 발견한 아들이 다시 산을 찾는다. 아름답기로 소문난 금강산은 북한에 있는 산으로 알고 지냈다. 한반도 동쪽에 등뼈처럼 뻗은, 태백산맥의 북쪽을 지키고 있는 금강산이다. 남북으로 이어진 길이가 60km다. '금강산 찾아가자. 1만 2000봉.' 어릴 적 고무줄놀이하며 수없이 불렀던 노랫말이 떠오른다. 그 많은 금강산의 봉우리 중 5개의 봉우리가 남한에 있다는 걸 고성에 살며 알았다. 집에서 15분이면 금강산에 닿는다. 팔만구 암자 중 첫 번째 절인 '화암사' 아래로 신선 계곡이 펼쳐진다. 아이와 개구리알을 찾으러 화암사에 올랐다. 3월의 끝을 앞에 두고 찾아온 화암사의 계곡은 아직 꽁꽁 얼어 있다. 강원도 북쪽 끝에 살고 있음을 새삼 깨닫는다. 곧 4월인데, 아직 얼음계곡이라니. 예상 못 한 자연의 모습에 놀란다. 봄인데도 개구리알을 찾을 수가 없다. 대신 다른 자연들이 우리의 시선을 잡는다.

"엄마, 정말 웅장해요."

눈 앞에 펼쳐진 커다란 수바위를 바라보는 아이의 말이다. 역대 스님들의 수도장이었을 커다란 수바위의 모습이 신령스럽다. 높이 보던 고개를 숙여 아래로 시선을 내리니, 절과 이어진 듯 보이는 수로가 있다. 흐르던 물이 그대로 얼어 작은 얼음폭포가 되었다. 아이는 보는 것만으론 성에 차지 않는다. 이내 수로 안쪽으로 들어가 탐색한다. 가파른 돌계단을 내려와 계곡 옆에 섰다. 모든 생명이 잠든 듯 꽁꽁 언 얼음계곡을 따라가다 새로운 생명을 만났다. 고라니다. 우리의 인기척에 고라니 두 마리가 서둘러 자리를 피한다. 책이나 이야기로만 듣던 고라니를 처음으로 바로 눈앞에서 보았다. 놀라고 신기하고 너무 가까이라 조금 무서웠다. 생각해 보면 고라니가 우리보다 더 놀랐을 것이다. 서둘러 사라지는 고라니를 아쉬운 눈으로 끝까지 쫓는다. 안녕, 또 만날 수 있기를. 우리가 자연 가까이 살고 있음이 온전히 느껴지는 순간이다.

2주가 지나 다시 봄의 계곡을 찾는다. 이번엔 정말 '봄의 계곡'이다. 오래된 나무들에 둘러싸여 그늘진 화암사의 신선 계곡 대신, 해가 잘 비추는 넓은 계곡을 고른다. 도원리로 향했다. 좀 흐린 날이어서일까?

아니면 모두 바다를 더 즐겨서일까? 계곡을 향해 가는 길에, 다른 차를 한 대도 보지 못했다. 서울에서 계곡에 가려면 매번 차가 꽉 막힌 도로와 주차난을 극복해야 했는데, 이곳의 한적함은 오히려 을씨년스럽다.

"왜 이렇게 차도 없고, 사람도 없지?"

주차 후 나무 사이를 지나 아이가 놀만 한 위치를 찾는다. '우와!' 감탄의 소리로 세 식구 합창이다. 계곡 길목에서 마주한 표지판에 '무릉도원로'라는 도로명이 적혀 있었다. 과연 그 이름과 어울리는 계곡이 눈 앞에 펼쳐진다. 곧 선녀라도 내려올 듯한 청정계곡에 넋이 나간다. 너무 쉽게 큰 선물을 받은 기분이다. 도시에서의 삶을 정리하며 포기했던 것들이, 다른 것들로 채워지고 있다. 2주간 따뜻한 날씨가 이어지고 봄비도 충분히 내린 뒤다. 계곡 어디에도 언 곳 없이 수량도 넉넉하다. 바닥까지 훤히 들여다보이는 투명한 계곡물에 이름 모를 물고기들이 수십, 아니 수백 마리가 떼를 지어 다닌다. 개구리가 알을 낳을 만한 고여 있는 물웅덩이가 여기저기 보인다. 햇살 비추는 계곡 곳곳에 봄 향기가 가득하다.

아이는 바로 보물찾기에 나선다. 물이 고인 웅덩이마다 몽글몽글 개구리알이 보인다. 엉덩이가 들썩이고, 두 눈은 반짝인다. 매년 봄마다 만나는 개구리알이지만, 여전히 신기하고 반갑다. 고성에서는 처음 만나는 개구리 알이다. 눈으로 보고, 만져 보고 뜰채로 건졌다 다시 웅덩이에 놓아 준다. 봄 계곡 탐험은 계속 이어진다. 이끼 긴 바위를 밟고 미끄러지니 바지가 젖는다. 날은 따뜻해도 계곡물은 아직 얼음장이다. 들뜬 마음으로 뜨거운 아이의 몸은 추위를 모른다. 축축해져 불편한 바지를 벗어, 해가 비치는 바위에 펼쳐 놓았다. 내친김에 양말도 벗어 던진다. 아이는 맨발이 되어 훨씬 자유롭다. 차가운 계곡물에 발을 살짝 넣어 본다.

"앗, 차가워."

큰소리와 함께 해가 데워둔 바위로 도망친다. 간식으로 준비해 간 꼬치 어묵을 4개씩 해치우며 차가워진 몸을 덥힌다. 오후가 되며 불어오는 쌀쌀한 바람에 바위 위에 말리던 바지를 다시 챙겨 입었다. 커다란 바위를 오르락내리락. 졸졸 흐르는 작은 물길을 달려가 뛰어넘는다. 우리 집 탐험대장의 두 다리가 참 바쁘다. 그에 반해 나는 한가하다. 가만히 몸을 멈추고, 말도 멈춘다. 차도 사람도 없는 덕에 자연 그대로 보존된 듯 생명이 넘치는 계곡이다. 계곡물이 흘러가며 바위에 부딪히는 소리가 우렁차다. 힘 있고 강한 물소리가 사방을 채운다. 넘치는 생각에 쫓겨 바쁘던 머릿속이 시원해진다. 아무 생각 없이 물멍이 가능한 곳이다.

"물에 풍덩풍덩 들어가고 싶어요."

"좋아. 그럼 가슴 장화를 신을까?"

가슴 장화를 신은 아이가 물에 들어가, 두 손 가득 개구리알을 들어 올린다.

"엄마, 수많은 눈이 나를 한꺼번에 쳐다보고 있어요."

아들 손에 담긴 개구리알의 까만 눈이 내게도 보인다. 함께 상상에 빠져든다. 계곡물 따라 헤엄치던 황소개구리 한 마리를 발견했다. 아이가 잽싸게 들어 올렸지만, 놓쳤다 잡기를 반복한다. 결국, 유유히 헤엄쳐 멀리 사라지는 황소개구리다.

"그래도 좋은 경험했다."

아이의 말에 함께 고개를 끄덕인다.

"엄마, 여기는 개굴개굴 섬이에요. 제가 탐험한 곳마다 이름을 지어 주고 있어요."

계곡 구석구석 아이만의 다양한 이름이 생긴다. 맘에 드는 돌을 잡아 돌도끼 하나를 마련해 커다란 바위에 돌로 그림을 그린다. 그림으로 이어진 놀이는 다시 '구석기 놀이'로 진화한다. 말끝마다 '우가우가' 추임새가 붙는다. 장난감 하나 없이, 아니 장난감이 없기에 자연에서 아이는 매일 새로운 놀이를 만든다. 노는 시간은 정말 빠르게 흐른다.

"아쉽지만, 돌아갈 시간이야. 구석기인도 저녁은 먹어야지."

봄 내내 도원리 계곡을 자주 찾았다. 개구리알 틈에서 도롱뇽알을 찾아내고, 황소개구리, 참개구리, 무당개구리를 만났다. 개구리알이 많이 부화해 돌아다니기 시작하니 뱀도 자주 만난다. 자연 안에서 생명은 이렇게 또 다른 생명을 끌어들인다. 세상은 모두가 연결되어 있다. 곰곰이 생각해 보면 인간도 특별할 게 없다. 우리 또한 주위에 있는 생명과 서로 의지하며 살아가는 존재다. 자연이 필요하고 서로 사랑하며 살아갈 누군가가 필요하다. 좋은 책과, 좋은 교육을 통해 아이에게 가르치고 싶은 것들이 알고 보니 모두 여기에 있다. 아이 손을 잡고 자연에서 더 많은 시간을 보낼 것이다.

이게 바로 예술이지. 일상을 예술로 만드는 방법 21

가까이에 있는지도 몰랐던 식물과 동물을 찾아보세요. 핸드폰으로 사진을 찍어 네이버 스마트 렌즈와 '모야모' 앱을 활용하면 여태껏 몰랐던 식물과 곤충들의 이름을 알 수 있어요. '알면 사랑하게 되지요.' 최재천 박사님의 메시지를 직접 확인해 보세요.

2
주민센터에서 궁둥이 붙이고 예술

✳

김은주

 난 좋아하는 게 없었다. 인생의 대부분을 집, 직장만 오가는 지루한 생활에 만족하고 살았었다. 한마디로 파워 집순이였다. 집 밖에 나가는 것이 귀찮아서 집에 있는 시간을 사랑했다. 아니 만족하고 있다고 스스로 속이고 있었다. 지금은 내가 하고 싶은 게 뭔지 뭘 좋아하는지를 찾아 가고 있다. 인터넷으로 동네 주민센터의 프로그램을 둘러봤다. 오후에는 컴퓨터 학원에 가서 오전에 하는 프로그램 위주로 고르고 또 골라서 신청했다. 월요일 생활도예, 수요일 수채 캘리그라피, 목요일 타로 카드, 금요일 소묘·색연필화까지 좀 많은 것 같긴 했지만 배워 보고 싶은 열정이 컸다. 집이 아닌 다른 공간에서 예술적인 활동을 해 보고 싶었다. 여러 가지를 배워 보며 내가 뭘 좋아하는지 알아 가는 시간이 너무나 재미있었다. 3개월째 주민센터를 다니면서 제일 좋아하는 시간이 생겼다. 생활도예를 하는 월요일과 수채 캘리그라피를 하는 수요일이 기다려지기 시작한 것이다. 가만히 있으면 내 취향을 알 수가 없다. 난 적극적으로 내가 좋아하는 예술, 취미를 찾기 시작했다.

    첫 수업 날 산책로를 따라 걸으면서 어떤 사람을 만나게 될지, 선생님은 어떤 분일지를 상상했다. 주민센터에 도착해서도 문 앞에서 머뭇거렸다. 용기를 내 문을 열고 들어선 공간에서 나는 다양한 경험을 하게 되었다. 생활도예라고 해서 물레를 돌리며 작업하는 줄 알았다. 기본적으로 이곳에서 하는 도예는 쌓기 기법을 이용한다고 하셨다. 3개월은 기초라서 선생님의 말씀에 따라 만들지만, 그 이후엔 본인이 원하는 것을 만들면 된다고. 처음 만져보는 흙의 촉감이 손가락 사이로 파고들어 간지럽히는 것 같았다. 손가락에 닿는 흙의 감촉도 좋았고 맨손으로 흙을 반죽하고 성형하는 과정이 너무 재밌었다. 첫 시간엔 속이 빈 사과를 만들었다. 그렇게 하면서 손에 느껴지는 흙의 두께를 가늠하는 법을 배우는 거라고 하셨다. 그리고 처음으로 그릇을 하나 만들었다. 흙을 떼어 내 밀대로 밀어 그릇 밑부분을 만들고 다시 흙을 굴려서 손가락 굵기로 띠를 만들어 붙여서 올리는 거였다. 쌓고 또 쌓고 그러다 보니 어느새 그릇 모양을 어설프게나마 갖추게 되었다. 일주일을 말려 준 후 다듬어 내는 과정을 거쳐야 한다. 굽은 그릇의 바닥을 이르는 말인데 이 굽깎기부터 난코스다. 기물의 두께를 느끼면서 깎아 내지 않으면 구멍이 날 수도 있다는 말에 소심하게 깎아

내고 있는 나를 발견한다. 굽을 다 깎고 나면 전 부분을 다듬어 주고 전반적으로 겉을 깎아 내기 시작한다. 전은 그릇의 윗부분을 뜻하는데 칼로 일정하게 잘라 내는 게 처음엔 쉽지 않았다. 지금도 내 그릇들은 전 부분이 약간씩 불규칙하다. 도구로 그릇 겉면을 매끈하게 다듬어내는 과정을 할 때는 시원시원하게 밀리는 흙들이 아깝게 느껴지기도 했다. 그래. 불필요한 건 덜어내야지. 삶도 도예도 덜어내는 과정이 꼭 필요하다. 마지막 물에 적신 스펀지로 말끔하게 닦아서 마무리한다. 이젠 또 인내의 시간을 가져야 한다. 그릇 하나를 완성하는데도 이렇게 많은 시간과 노력이 필요했다. 3개월 뒤 내가 만든 그릇을 품에 안았을 때 벅찬 감동이 몰려왔다.

수채 캘리그라피는 악필을 교정해 보고자 시작했었다. 그런데 그림도 그려야 한단다. 마음이 무거워졌다. 둘 다 내가 못 하는 건데. 괜히한다고 했나? 급 후회가 밀려왔다. 붓펜으로 선을 긋고 자음, 모음을 쓰고 문장을 썼다. 따라서 쓰는 건데도 쉽지 않았다. 그림도 무서웠는데 플러스펜으로 선을 그리고 워터 브러시로 수채화 느낌을 표현하는게 너무 신기했다. 초보인 나도 어렵지 않게 작품을 완성했다. 이게 정말 내가 그린 게 맞는지 보고 또 봐도 좋았다. 우리 반은 청일점 노신사분을 비롯해 30~60대 다양한 분들이 수업을 들으신다. 저녁 7시에 시간을 내서 나오신 열정이 느껴졌다. 모두 집중하며 글씨 연습을 하고 그림을 그리는 걸 보면 이 안에 속해 있다는 것만으로도 좋았다. 소속감이 느껴졌달까? 3개월 동안 정말 많은 작품을 만들어 냈다. 엽서, 액자, 부채, 책갈피, 슈링클 자석, 용돈 봉투 등. 매번 다양하게 알려 주시는 선생님 덕분에 그 시간이 즐거웠다. 다음에는 뭘 만들지 상상하면서 서로 단톡방에서 숙제를 올리며 칭찬을 아끼지 않는다.

"아, 서울대생만 있는 줄 알았더니 하버드생이 들어왔네."

예습 복습을 해 온 서로를 아끼는 말이다. 난 복습하고 온 덕분에 하버드생 소리를 들었다. 기분 좋은 말을 서로 나눠 가며 작업하다 보면 시간이 너무 빨리 흐른다. 8시 반이면 수업이 끝나는데 이미 주민센터 불은 다 꺼지고 어둡다. 우리 수업이 센터의 마지막 수업이라 항상 시간에 쫓긴다. 그래도 우리는 끝까지 깔깔대며 "다음 시간에 만나요." 정겹게 인사를 나누고 헤어진다. 서로를 칭찬하는 말 한마디가 이렇게 중요한 줄 몰랐다. 예쁜 말은 예쁜 말을 불러온다는 게 사실이었다.

주민센터를 다닌 지 이제 4개월 차에 접어들었다. 생활도예와 수채 캘리그라피만 신청했다. 둘 다 내 손에서 완성되는 것에 희열을 느꼈기 때문이었다. 처음 자신감이 없을 때 도예 선생님이 해 준 말이 생각난다.

"은주 씨, 도예에는 천재가 없어요. 그림이나 미술, 음악은 분명 천재가 존재하는데 도예는 그렇지 않아요. 내가 30년 가까이 도예를 하지만 처음 시작한 사람 중에 남은 사람은 몇 없어. 궁둥이 붙이고 꾸준히 하면 잘할 수밖에 없는 게 사실이에요."

"선생님, 저도 잘할 수 있을까요? 전 예술 감각이 너무 없는 것 같아요."

"그럼요. 꾸준히 하는데 늘지 않을 수가 없어요."

그 말이 너무나 뇌리에 와닿았다. 나는 예술적 재능이 전혀 없다고 생각했다. 그래서 예체능은 아예 내 기억 저편으로 미뤄 놨었다. 이번엔 용기를 내서 그림도 도예도 하고 있는데 물론 어렵고 잘하지 못한다. 그래도 꾸준히 할 자신은 있다. 나의 이 시간이 쌓이고 쌓이다 보면 습관처럼 잘 해내는 날이 오겠지. 글쓰기는 어떨까? 천재가 있나? 아니면 쓰다 보면 잘 쓰게 되는 것일까? 내 결론은 글쓰기도 자꾸 하다 보면 늘 거라는 확신이 생겼다는 거다. 날마다 기록하고 일상을 돌아보는 습관이 얼마나 중요한지 도예 시간에 깨달음의 힌트를 얻었다. 그 가능성이 내게도 엿보인다.

예술이 너무 어렵고 멀다고 생각했다. 노력한 것이 결과물로 보이는 생활도예와 수채 캘리그라피는 지금 내 삶에 중요한 일상이 되었다. 그곳에 가면 내가 예술가 같고 특별한 사람이 된 것 같은 착각에 취할 때도 있다. 내가 좋아하는 취미를 갖는다는 게 이렇게 행복한 일인지 지금이라도 알게 된 것에 감사하다. 가까운 동네 주민센터에서 다양한 사람들을 만나면서 소박하지만, 나만의 예술을 그려내고 있다. 거창하지 않아도 더 배워보고 싶다는 생각이 들고 그곳에서의 시간이 사랑으로 충만해졌다. 생활도예와 수채 캘리그라피 3분기 수업을 신청하는데 심장이 두근거렸다. 적극적으로 좋아하는 것을 찾고 그 안에서 예술을 발견한 나를 많이 칭찬해 주고 싶다.

이게 바로 예술이지. 일상을 예술로 만드는 방법 22

당신이 뭘 좋아하는지 모를 때, 무언가를 배우고 싶을 때, 주민센터에 가면 새로운 취미를 찾을 수 있을 거예요. 나의 삶에 예술 한 스푼, 어렵지 않아요.

3
고양이의 겨울 집

✳

김인혜

　나는 오래전부터 나만의 예쁘고 안락한 의자를 갖고 싶었다. 7년 전 처음 들인 의자는 2인용 노란색 천 소파였다. 방과 방 사이 자그마한 공간에 편백나무 책장을 두고 그 앞에 안락한 노란 소파를 두었다. 그 곳에 앉아 책을 읽다가 문득 고개를 오른쪽으로 돌리면 파란 하늘과 푸른 산이 보였다. 창문을 열어 놓으면 바람이 솔솔 불어오고 산에서 이름 모를 새들이 지저귀는 노랫소리가 아주 가까이 들려왔다. 5년 전에는 흔들의자도 선물로 받았다. 나만의 흔들의자를 갖고 싶다는 나의 돌림노래에 당시 초등학교 3학년이었던 딸이 그동안 모았던 용돈을 털어 이케아 흔들의자를 내게 생일선물로 사 주었다. 남서향으로 난 창을 바라보도록 거실 한편에 두고, 그 옆에 커피잔을 올려놓을 수 있는 조그마한 블랙 테이블도 두었다. 오후의 따사로운 햇볕이 길게 거실로 들어올 때, 흔들의자에 앉아 여유롭게 책을 읽는 것이 한동안의 소소한 행복이었다. 우리 고양이들이 새 식구가 되기 전까진.

우리 집엔 이제 세 살이 된 벵갈고양이 두 마리가 살고 있다. 우주 최강 귀엽고 사랑스러운 생명체들, 밤이와 토리. 밤이, 토리에겐 캣타 워도 있고, 집도 있고, 요즘 고양이들에게 인기 많은 다이소 표 소쿠리도 있다. 하지만 그들이 가장 좋아하는 장소는 따로 있었으니……. 처음 우리 집 식구가 된 순간부터 그들은 노란 소파와 흔들의자를 자기들 것으로 찜한 것이다. 천 소파라서, 두툼한 방석이 깔려 있어서 엄마 품처럼 안락했을까? 고양이들은 노란 소파에서 낮잠을 즐겼고, 밤에는 엄마 아빠 누나가 잠자고 있는 안방과 제일 가까운 흔들의자 위에 누워 가족들의 아침 기척이 들릴 때까지 새근새근 잠을 잤다. 고양이들의 털이 소복이 박힌 노란 소파와 흔들의자는 이제는 누가 봐도 그들의 것이다. 집에서 가장 좋아하는 공간을 기꺼이 양보한 나의 사랑을 밤이와 토리는 알고 있을까. 몰라도 좋다. 그곳에 편히 누워 나를 바라보는 고양이들을 볼 수 있고 만질 수 있는 것으로 평생의 대여료를 이미 받았기 때문이다.

그래서 아침에 일어나자마자 하는 일이 있다. 안방 문을 열면 언제나 문 앞에서 고양이 두 마리가 야옹 하고 아침 인사를 건넨다. 언제부터 기다린 건지 알 수 없지만, 어젯밤 보았던 모습과 자세 그대로 매일 아침 문이 열리기만을 아이처럼 기다리고 있는 고양이들이 마냥 귀엽고 흐뭇하다. 문을 열자마자 나는 냉큼 고양이를 앉아 품 안에 끌어안고 폭풍 뽀뽀를 여기저기 해댄다. 머리털에 코를 묻고 부비부비하다 보면 고소한 냄새도 살살 올라온다. 강아지와 다르게 고양이는 냄새가 거의 나지 않지만 아주 미세한 털 냄새를 고양이마다 가지고 있는 것 같다. 사실 고양이 냄새를 맡아 본 건 밤이와 토리가 전부이지만 둘의 냄새가 미묘하게 다른 건 확실하다.

오늘 아침도 토리와 반가운 인사를 한참 나눴는데 정신을 차려보니 밤이가 보이질 않았다. 오늘은 나보다 늦잠을 잔 건가 생각하는 찰나, 거실 끝 다용도실에서 날카롭고 애처로운 울음소리가 "냐아! 냐야아!"하고 들렸다. 사람의 인기척이 들리자 자기를 꺼내달라고 마구 울어대기 시작한 것이다. 어젯밤 12시 넘어 마지막 빨래를 건조기에 넣어 놓고 잠들었는데, 빨래를 건조기에 옮기고 있는 사이 다용도실로 들어갔었나 보다. 작년에도 한두 번 세탁실에 갇힌 적이 있긴 했지만, 이번에는 어제처럼 추운 겨울밤에, 온기라곤 없고 바람 소리가 휘잉 휘잉 들렸을 깜깜한 그곳에서 밤을 지새운 것이다. 밤이는 구출되고 나서도 한참을 나랑 남편과 딸아이에게 계속 울면서 말했다. "왜 이제야 꺼내 줬어, 나 밤새 기다렸어. 나 너무 무서웠어."라고. 평소하고 전혀 다른 울음소리라 너무도 잘 알 수 있었다. 고양이의 말이 저절로 통역되어 생생하게 들려왔다.

밤이는 밤새 잠을 제대로 못 잔 듯, 몇 시간째 계속 잠만 자고 있다. 일부러 보일러를 따뜻하게 틀어두었는데 방바닥의 온기가 좋은지 평소와 다르게 바닥에서 자고 있다. 그리고 밖에는 함박눈이 펑펑 내리고 있다. 이런 추운 겨울날, 귀여운 겁쟁이 밤이가 따뜻한 공간에서 편히 잠잘 수 있어서 나는 문득 감사함을 느낀다. 그렇지만 며칠 전 아파트 화단에서 만난 어린 고양이 세 마리는 지금 어디서 눈을 피하고 있는 걸까.

3년 전 고양이 중 털이 덜 빠진다는 이유로, 이왕이면 예쁜 새끼 고양이를 처음부터 키우고 싶다는 생각으로 품종묘 벵갈고양이인 밤이, 토리를 데리고 왔다. 고양이를 돈 주고 사서 가족으로 선택한 것이 부끄러운 일이었다는 건 시간이 흐른 뒤 나중에야 깨닫게 되었다. 길고양이들을 동네에서, 여행지에서 마주칠 때면 나는 괜히 그들에게 미안하고 부끄러웠다. 사실 미안한 마음을 갖는 것조차 미안했다. 그런데 딸아이도 길고양이들이 자꾸 눈에 걸리고 마음이 갔었나 보다. 한동안 인터넷으로 이리저리 검색해 보더니 며칠 전 자기 용돈을 모아 고양이 보호 협회에서 만든 겨울 집 하나를 주문했다. 아이의 용돈으로 겨울 집 하나를 살 때마다, 우리도 하나씩 더 사 주기로 약속했다.

고양이의 눈 속엔 우주가 있다. 투명한 유리구슬 안에 아득하고 신비로운 우주를 담고 있다. 나는 가끔 지구로부터 아주 멀리멀리 떠올라 우주에서 지구를 바라보는 상상을 한다. 우주에서 본 지구는 칼 세이건의 책 제목처럼 하나의 '창백하고 푸른 점'에 불과하다. 이토록 작고 푸른 점에서 '지금 내가 살아가고 있구나.'라는 인식이 묘하게 위로를 준다. 그리고 지금 내 옆엔 눈 속에 우주를 품은 고양이 두 마리가 앉아 있다. 푸른빛과 초록빛이 어우러져 은하수처럼 반짝이는 고양이의 눈을 들여다본다. 지구처럼 보이는 작은 점도 하나 찾아낸다. 이 작은 점에 아주 잠깐 머물다 가는 어쩌면 먼지 같은 존재인 우리에게, 지금 일어나는 일들은 정말 별일 아니라고, 그저 소박하고 따뜻한 온기를 나누며 살 수 있으면 그만이라고 속삭여 주는 것 같다. 함께 공간을 나누고 온기를 나누는 건 지구에서 살아가는 생명체들이 해야 할 유일한 일이라고 말이다.

　오늘 그 작은 겨울 집이 도착하면 좋겠다. 고양이들이 추운 겨우내 꼭꼭 숨을 수 있도록, 그 집에서 몸을 기대고 서로의 자그마한 체온이라도 나눌 수 있도록. 눈이 많이 내리고 차디찬 바람이 불더라도 겨울 집 안에서 조금은 따뜻하기를, 흔들의자에 앉아 있는 밤이와 토리를 바라보며, 바라본다.

이게 바로 예술이지. 일상을 예술로 만드는 방법 23

나의 공간에 애정을 주고 온기를 나눌 수 있는 존재들을 늘려가 보아요. 사랑의 수고로움은 내게 의미가 되어 돌아옵니다. 집에서 키우는 식물도, 반려동물도, 길에 사는 고양이도요. 어린 왕자가 가로등별에서 깨달았던 것처럼, 이 우주에 내게 의미 있는 꽃 하나 별 하나가 늘어 간다는 건……

4
율목동 골목길에서 시작된 여행

✳

류제영

인생은 여행이라는 말을 좋아한다. 여행에서 수많은 설렘을 마주했을 때 느끼는 기쁨은 반짝이는 유성을 발견했을 때처럼 빛난다. 유명한 여행지에서 만나는 이름난 풍경도 좋지만 이름 모를 낯선 마을에서 발견한 먼지 없는 선명한 들꽃도 좋다. 가 본 나라들을 떠올리는 기억도 아름답지만 가 보지 못한 나라들을 상상하는 설렘만으로도 행복하다. 그냥 여행 자체가 나에겐 인생 목표요, 목적이다.

"열심히 일한 사람, 떠나라."라는 광고 문구를 난 매우 사랑한다. 노동에 충실한 후 떠나는 여행에서는 휴식이 주는 달콤함을 더욱 멋지게 누릴 수 있다. 한때 돈을 버는 목적이 여행이라고 할 만큼 여행에 쏟아붓는 돈이 아깝지 않았다. 누군가 어디를 얼마에 다녀왔냐고 물어보면 "죄송해요. 제가 여행한 돈은 계산하지 않아서요."라며 여행이라는 단어에 어떤 티끌도 남기고 싶어 하지 않아 했다.

나의 여행기는 우리 할머니의 유전자부터 거슬러 올라간다. 우리 할머니가 지금 살아 있다면 백 살이 훨씬 넘었을 것이다. 일제 강점기에 태어나 6·25전쟁을 거쳐 새마을 운동까지 여러 소란스러운 시대를 거치지 않았더라면 할머니는 『조근순 여사의 여행기』 하나쯤은 남기지 않았을까.

여든네 살 되던 해에 뇌출혈로 쓰러져 돌아가신 할머니는 여든세 살까지 전국 곳곳을 누비고 다니셨다. 옛날엔 다 그랬겠지만, 입에 풀칠하며 근근이 살아가기도 바빴을 테니 자식 여덟을 낳아 키우느라 여행 같은 건 당연히 꿈도 못 꾸었을 테지. 내가 할머니란 존재를 기억하기 시작했을 때부터 할머니는 늘 어딘가를 다니셨다. 전국 팔도를 다 섭렵하려고 마음먹은 분 같았다. 할머니가 한곳에 머물러 있는 시간이 보름을 넘은 적이 없다고 기억되는 걸 보면 역마살이 무척 센 분이었다. 할머니의 스물몇 번째 손녀인 난 종종걸음을 걷던 때부터 기회만 닿으면 할머니 뒤꽁무니를 따라다니며 같이 호사를 누렸다.

어릴 적 할머니로부터 받은 역마살은 지구별 여행이라는 명목으로 나를 한곳에 머무르지 않게 했다. 그냥 삶 자체가 여행이길 바랐던 것일까? 이게 할머니의 바람인지, 나의 바람인지는 모르겠는데 어느 날 정신 차려보니 난 내가 살고 싶은 곳을 스스로 찾아다니며 그곳에 잠깐씩 머물다가 가는 인생을 살고 있었다. 내가 살아온 여정이 물 흐르

듯 여행길이 되어 기나긴 기행문을 만들어 가는 게 어느덧 삶의 목적이 되었다. 스친 여행지의 한 곳이었던 말레이시아로 가족을 이주시킨 이유 중 한 가지가 쿠알라룸푸르 공항이 다른 나라로 가는 허브 지역이었기 때문이기도 하다.

　큰아이가 대학에 가기 전까지 우리 가족은 기회만 닿으면 여행을 계획했다. 어릴 땐 휴양지 위주의 여행을 다니다가 점차 스토리를 만들 수 있는 테마 여행을 다니기 시작했다. 첫 번째 테마 여행은 로드트립 하기에 최적화된 호주의 퍼스였다. 외국 여행에서 운전은 처음이었지만 말레이시아와 같은 오른쪽 핸들이라 금방 적응이 되었다. 우리가 여행을 떠난 시점은 8월이었는데 호주는 한창 겨울로 접어드는 시점이라 파카를 입고 다녀야 했다. 호주에서 제일 먼저 눈에 들어온 것은 깨끗하다 못해 쨍한 공기였다. 하늘이, 눈앞에 보이는 자연들이 어찌나 선명한지 우리가 그동안 뭘 보고 살았나 싶었다. 퍼스 여행은 새로운 자연경관을 탐색하러 떠나온 우리에게 매번 경이로운 찬사를 쏟아내게 했다. 석회암 돌기둥들이 뾰족뾰족 솟아 있어 마치 외계에 왔나 싶은 착각이 들었던 피너클스 사막은 퍼스 여행의 절정이었다. 별을 보기 위해 이른 저녁부터 도착한 사막에 붉은 노을빛 석양이 드리우자 여기저기서 "와!" 여러 나라의 감탄사들이 들리기 시작했다. 기둥들은 마치 달 표면에 박힌 운석 같았고 절정에 이른 선셋은 태양이 온 우주를 향해 빛을 발하는 것 같았다. 퍼스에서 보내고 온 열흘은 대자연으로부터 초대받고 다녀온 특별 여행이었다.

"참 멋지게 사는구나." 이 말은 작년에 이탈리아 여행을 다녀오고 주변 아줌마들한테 수도 없이 들었던 말이다. 이탈리아에 다녀와서가 아니라 내가 다녀온 여행 방식을 부러워하는 여자들이 나에게 던져 준 찬사였다. 어쩌다 보니 코로나의 끝과 더불어 우리 가족은 각자도 생을 위해 세 나라에 거주하게 되었다. 이탈리아에서의 모임은 각자 잘 견디어 주고 있는 가족들에게 주는 선물이었다. 물론 나에게도 해당되는.

혼자 출발하는 여행은 시작부터 달랐다. 간단하게 캐리어 하나만 들고 공항에 도착해 로마행 티켓을 손에 받아 들고는 생전 안 하던 인증 사진까지 찍었다. 티켓 속 'Roma'라는s 글자만 도드라져 보이며 마음을 살랑살랑 흔들었다. 북경에서 한 번 갈아타야 하는 번거로움과 열 몇 시간을 불편하고 갑갑한 비행기에서 견뎌야 했지만, 곧 가족들을 외국에서 상봉할 생각 때문인지, 처음 가 보는 유럽이라 그런 건지 그저 설레는 마음만 가득했다.

모든 길은 로마로 통한다고 했던가! 유럽의 중심인 도시답게 로마는 모든 게 놀라웠다. 늦은 시각 숙소에 도착했음에도 로마 아침이 궁금했던 우리는 해가 선명해지기도 전에 일어나 거리로 나섰다. 숙소 바로 옆 담벼락을 지나가는데 이끼 사이에 피어있던 풀꽃들에서 왠지 역사의 깊이가 느껴졌다. 나중에 알고 보니 그 담벼락은 바티칸 시국을 둘러싸고 있는 외벽이었다. 이것은 시초에 불과했다. 로마 트레비 분수를 거쳐 콜로세움과 포로 로마노로 이어지는 거리는 팔라티노 언덕조차도 잘 보존되어 있어 마치 그 역사 속 어딘가에 내가 섞여 있는 기분이 들었다. 영화 〈쥬라기 공원〉만큼은 아니더라도 갑옷 입은 로마의 병사가 어디서 갑자기 튀어나올 것만 같아 고대를 재현한 영화 속 어느 거리를 걷고 있는 착각이 들 정도였다. 어떤 마켓은 몇백 년 전의 성당이나 오페라 극장을 개조하여 만든 곳이라 내가 이런 성스러운 곳에서 장을 보고 있구나 싶어 물건을 사다 말고 십자가를 그을 뻔했다.

사실 이탈리아는 유럽 여행의 첫 번째 관문이라 해서 선택한 것도 있지만 패션을 공부하고 싶어 하는 아들을 위한 여행이기도 했다. 밀라노가 패션의 본고장이라 불릴 만큼 대단한 곳인지 아들에게 확인시켜 주고 싶었다. 밀라노 기차역에서 내리자마자 진주목걸이를 한 패셔니스트 남자를 마주친 것은 신선했다. 다른 도시에서는 평범한 메이커일 뿐인 ZARA도 밀라노 매장에선 특별한 디자인을 판매하는 것 같았다. 밀라노 몬테 나폴레오네 패션 거리를 우리는 밀라노 일정 3일

내내 방문했다. 패션 매장 근처에만 가도 눈이 반짝이는 아들을 둔 덕분에 최신 유행하는 명품 구경을 원 없이 하고 온 것 같다.

나 홀로 떠나 로마에서 가족과 상봉하고 피렌체와 베네치아를 거쳐 밀라노에서 헤어져 다시 나의 일터로 돌아오게 해 준 이탈리아 여행은 만족스러웠다. '아름다운 여행자'라고 이름 붙인 내 블로그에 엄지 척으로 내세워도 좋을 만큼 이탈리아 여행은 곳곳이 이색적이었고 한시도 눈을 떼고 싶지 않은 풍경들로 가득했다.

무엇보다 가장 좋았던 것은 열흘 동안의 여행 끝에 홀로 내 터전으로 돌아온 거다.

사랑하는 사람들과 함께 좋은 것을 나눈 뒤 혼자 있는 시간은 더 달콤하다. 이번에는 홀로 떠나는 여행을 계획해 본다. 가장 오랜 시간 할머니의 터전이었던 인천 율목동에 가 볼 예정이다. 그곳에 가면 율목동 파란 대문의 할머니 집을 찾기 위해 골목 여기저기를 누비고 다니던 나를 다시 마주할 수 있을 것 같다. 어쩌면 내 여행의 시초는 갈래길이 여러 곳이었던 율목동 골목길에서부터 시작되었을지도 모른다. 나의 할머니처럼 곳곳을 누비며 아름다운 세상을 눈에 가득 담아 매 순간 눈이 반짝이는 여행자로 살고 싶다.

이게 바로 예술이지. 일상을 예술로 만드는 방법 24

나만의 추억이 담긴 여행지를 떠올려 보세요. 혼자 혹은 사랑하는 사람과 동행하는 것도 추천합니다. 옛 기억을 더듬어 마음의 보물섬을 다시 찾아보는 아름다운 시간을 보내시기를!

5

7월의 나는, 동화 작가 수강생

✳

신유진

회사를 그만두었다. 뭐라도 배우며 의미 있게 시간을 쓰고 싶어 도서관에서 진행하는 강좌를 검색했다. 예전부터 수강하고 싶었던 수업이 며칠 후 접수 시작이었다. 5월에 시작해서 10월까지 이어지는 긴 일정이다. 회사를 그만둘 때는 몇 개월만 쉬려고 했는데. 기간이 부담되어 망설였지만, 하지 않을 이유가 없었다. 게다가 무료였다. 알람을 맞춰 놓고 '동화 작가 과정' 선착순 접수에 성공했다. 첫 수업 날 스무 명의 수강생이 각자 자기소개를 했다. 기억에 남는 소개말의 주인공이 몇 명 있다.

"제가 70이 넘었으니 여기서 제일 나이가 많을 것 같아요. 20대도 책을 낼 수 있고 70대도 책을 낼 수 있는 시대입니다. 열심히 써 보겠습니다."

차분한 말투와 검소한 차림, 인생의 멋이 깃들어 있었다. 노년의 수강생이 앞으로 쓸 글이 궁금해졌다. 그리고 또 한 분의 할머니.

"저는 딸이 강제로 수강 신청해 주었습니다. 아이 낳고 미국에서 귀국했는데 손녀에게 동화도 읽어 주고, 또 직접 써 보라고 하네요. 잘 쓰면 영어로 번역해서 미국에도 출판하게끔 도와준다고 했어요."

손녀에게 동화를 써 주는 할머니가 멋지다고 생각했는데 아쉽게도 소개만 하고 다음 시간부터 출석하지 않았다. 벌써 몇 번째 같은 수업을 듣는 분, 아이를 키우며 아이에게 동화책을 읽어 주다 관심이 생겨 나오게 되었다는 분 다양한 목적으로 한자리에 모였다.

"저는 도서관 바로 앞에 살아요. 회사 그만두고 배울만한 강좌를 찾다 취미 삼아 나왔습니다."

자기소개 시간에 내가 한 말이다. 맞는 말이기도 했지만, 시간이 지날수록 그 말은 거짓말이 되어 갔다.

초등학교 5학년 장래 희망을 쓰는 칸에 나는 '아동문학가'라고 썼다. 매일 편지를 주고받던 친구가 있었다. 이름은 현영이다. '새하얀 눈처럼 우리의 우정이 순수하면 좋겠어.' 현영이와 나는 누가 더 예쁜 문장을 만드는지 내기라도 하듯 그 나이대의 소녀 감성이 담긴 편지를 썼다. 어느 날 현영에게 받은 편지에 이렇게 쓰여 있었다. '나는 아동문학가가 꿈이야. 우리 같이 아동문학가가 되어서 나중에도 만나자.' 참 예쁜 이름의 직업이었다. 그날 이후 나의 꿈도 아동문학가가 되었다. 취미 삼아 나왔다는 말은 용기 없는 발언이었다. 기억에 간직해 둔 꿈을 *끄*집어낸 것이다.

문학가가 꿈이어서 책을 좋아했는지 책을 좋아해서 문학가라는 꿈에 동조했는지. 무엇이 먼저였는지 모르겠지만 책을 좋아했다. 용돈이 생기면 책을 샀다. 서점에서 낱권으로 계림 문고 시리즈 '소년 소녀 세계문학전집'을 사 모았다. 『제인 에어』, 『폭풍의 언덕』, 『비밀의 화원』, 『몽테크리스토 백작』. 노란색 표지의 작고 가벼운 책이 한 권 한 권 책꽂이에 늘어 가는 것이 뿌듯했다. 입시를 앞둔 고등학생 때는 책과 멀어졌고 꿈도 잊었다. 잊었다고 말하는 것이 맞는 표현일까. 아동문학가가 내 꿈이긴 했는지. 꿈이 뭐냐고 물어보면 할 말이 없었는데 친구가 답을 알려 준 건 아닐까. 그 답이 오답이었는지 정답이었는지 알 수 없지만. 우연히 던진 말 한마디를 나는 품고 살았다. 대학 진학 시 국문과에 지원했다. '작가가 될 거야. 꿈을 이룰 거야.' 이런 당찬 포부로 지원하지는 않았다. 어릴 적 꿈이기도 했고, 별다른 꿈이 없으면 문과 여학생은 점수 맞춰 어문 계열을 지원하는 불문율을 따라갔다. 학력고사 마지막 세대였던 나는 전기, 후기 모두 떨어지고 재수학원에 등록했다. 그즈음 '천재 소년 두기'라는 TV 외화 시리즈가 인기였다. 컴퓨터를 능숙하게 잘하는 주인공이 멋져 보여 막연하게 컴퓨터 관련 학과가 가고 싶었다. 새로운 수능 제도의 혼란한 틈에 문과생인 나는 이과로 교차지원하고 적성에 맞지 않는다며 4년을 투덜대고 졸업했다. 그 덕에 전공을 살려 프로그래머로 25년 경제적 독립을 했으니 후회하지 않는다. '아동문학가가 내 꿈이었지.' 피식 웃으며 처음 지원했던 국어국문을 전공했더라면 나는 어떤 삶을 살았을까. 가지 않은 길을 상상해 보곤 한다.

아이가 자라 시간적 여유도 생겼고 쉼 없는 직장 생활 덕에 그럭저럭 살 만해지니, 알 수 없는 공허한 마음을 채우고 싶었다. 어느 날 도서관에서 책을 고르는데 눈에 띄는 제목이 있었다. 『글쓰기로 나를 찾다』라는 책이다. 독서공동체 숭례문 학당을 통해 글을 쓴 사람들의 이야기다. 회사를 그만두고 글쓰기 강사로 거듭난 사연, 작가의 꿈을 이루기 위해 고군분투하는 직장인, 취업 경쟁에 뛰어드는 대신 글 쓰는 삶을 택한 청년 등등 글쓰기로 인생을 바꾼 사람들의 글을 엮은 책이다. 그날로 나도 숭례문 학당에 등록해 여러 강좌를 들었고, 마음에 맞는 선생님께 따로 연락해 오랫동안 읽고 쓰는 수업을 받아왔다. 아련하게 기억 나는 꿈에 가까이 가면 헛헛한 마음이 채워질 것 같았다. 인스타를 팔로우하다 좋아하는 작가의 글쓰기 강좌를 보면 수업을 신청했고 온라인 유료 강좌도 수강했다. 헤아려 보니 7년째 글쓰기 수업을 받고 있다. 글 잘 쓰는 작가에게 배운 건 테크닉이 아니었다. 좋은 글을 쓰기 위해 매일 쓰는 꾸준한 노력과 태도였다. 글쓰기가 무엇인지 이제 알 것 같다. 글은 내 마음과 내 삶에서 나온다는 것을.

첫 수업 날, 동화는 선한 마음을 갖는 게 첫 번째라고 선생님이 말씀하셨다. 마음가짐이 달라졌다. 잘 써야겠다가 아니라 잘 살아야겠다고. 매사에 정성을 다하고 예쁜 마음으로 주위를 둘러봐야겠다고. 글은 선한 마음에서 나오니까. 벌써 8회차 수업을 마쳤다. 나는 저학년 동화를 쓰려고 마음먹고 매주 책을 읽었다. 선물이 말을 걸어오고, 그림자가 사람이 되고, 미래의 나를 만나고. 이런 상상력을 내가 발휘할 수 있을까. 예쁜 이야기에 눈물이 맺히기도 했다. 동화 속 주인공이 너무 맑아서. 우리 집 맑은 아이는 중2 사춘기를 지나고 있다. 내 아이에게 해주고 싶은 이야기를 담기로 했다. 분량이 적다는 이유로 저학년 동화를 쓰겠다고 했지만, 할 말이 더 많은 청소년 소설을 쓰기로 했다. '꿈'에 대한 이야기다. 잘하는 게 없다고 그래서 꿈이 없다고 방황하는 아들에게 해 주고 싶은 말을. 꿈이 꼭 있어야만 할까? 라는 질문에서 출발한다.

체리 씨앗은 아무 문제 없이 100년을 기다리기도 한다. 호프 자런의 『랩걸』을 읽고 알게 되었다. 친구가 내 마음에 뿌려 놓은 씨앗을 나는 몇십 년이 지나 싹을 틔우고 있다. 아이에게도 말해 주고 싶다. 우리는 씨앗을 뿌리고 있다고. 야구 관람, 여행, 게임. 네가 좋아하는 모든 것들이 씨앗이라고. 엄마인 나에게도 여러 씨앗이 심겨 있었다. 피아노를 처음 배울 때, 피아니스트가 되고 싶었다. 집에 피아노가 없어 그 꿈은 바로 접었다. 조금 넓은 집으로 이사 가서 부모님은 피아노를 사 주셨지만 이미 아동문학가로 꿈이 바뀌었을 때다. 더 자라서는 교사가 되고 싶었다. 교사라는 꿈은 다수의 부모님이 얌전한 여자아이에게 바라는 꿈이었기에 나에게도 그런 꿈이 생겼던 건 아닐까. 재수하던 시절 TV를 보고 컴퓨터를 잘하는 사람이 되고 싶었다. 갓 뿌린 씨앗으로 싹을 틔워 지금까지 살아왔다. 어떤 씨앗이 언제 싹을 틔울지 알 수 없다. 오늘 하루 좋아하는 일들로 가득 채우면 그중에 씨앗이 있지 않을까? 아들에게 해주고 싶은 말이기도 하지만 실은 엄마인 나의 다짐이기도 하다. 아이의 마음에서 아이의 입장이 되어보려 한다. 엄마의 경험과 마음을 담아 얼개를 작성해 제출했다. 스무 명으로 시작한 수강생 중 열세 명만 얼개를 제출했고 여름 방학을 맞이했다. 방학 동안 단편소설을 완성해 2학기에 만난다. 나는 동화 작가는 아니지만 동화 작가 수강생이다. 무엇이 되지 않아도 괜찮다. 좋아하는 책과 글을 가까이하고 꿈을 꾸는 나의 지금이 행복하다.

이 글을 쓰는 동안 가고 싶은 회사의 면접이 잡혔다. 오늘이었다. 채용 담당자에게 문자 메시지를 보냈다. '기회 주셔서 감사합니다. 귀사의 면접에 참여하지 못하게 되었습니다. 인연이 닿지 않았지만, 귀사의 발전을 기원합니다.' 망설였다. 전송 버튼을 누를 수 있었던 건 동화 작가 수업이 남아 있기 때문이다.

이게 바로 예술이지. 일상을 예술로 만드는 방법 25

동네 도서관, 백화점 문화센터 강좌를 살펴보세요. 어릴 적 꿈과 가까운 강좌를 선택해 수강해 보세요. 무엇이 되지 않아도, 수강하는 자체로 꿈을 이루고 있다는 충만한 기분을 느껴 보세요.

6

무심한 서점 주인아저씨처럼

✳

희경

날 좋은 5월, 두 아이와 함께 부산 여행을 갔다. 아무 계획 없이 무작정 떠난 여행이었다. 숙소에 도착해서야 어디를 갈지 의논하다 '보수동 책방 거리'에 가기로 했다. 초등학교 시절 엄마 손에 이끌려서 갔던 곳인데 청소년이 된 아이들이 가 보자고 하니 반가웠다. 좁은 골목길 양옆으로 중고 서점이 늘어서 있는 보수동 책방 거리는 책을 좋아하지 않아도 들르게 되는 곳이다. 띄엄띄엄 문을 닫은 책방이 보였지만 헌책이 산더미처럼 쌓여 있는 책방 거리는 여전했다. 이 책들 속에서 손님이 원하는 책은 어떻게 찾아 주는 걸까 궁금해하며 책방들을 기웃거렸다. 그러다 골목이 끝나가는 즈음에서 아주 작은 책방을 발견했다. 세로로 긴 형태의 좁은 책방이었다. 벽 쪽으로 비치된 책장에 책이 빼곡했고, 가운데 위치한 테이블 위에는 책방지기가 추천하는 책들이 놓여 있었다. 분류도 잘 되어 있어 책 찾기도 좋았다. 독립 서점에 헌책방을 더한 모습이었다. 젊은 여성 책방 주인은 반갑게 인사한 후 고개 숙여 자기 일을 했다. 뭔가를 하느라 바쁜 주인 덕에 우리는 서점 구석구석에 놓인 책들을 마음껏 들춰 볼 수 있었다. 책을 다 고른 둘째 아이가 탁자에 놓여 있는 방명록을 발견했다. 그림 그리기를 좋아하는 아이가 주인에게 "여기에 그림 그려도 돼요?"하고 물었다. "물론이죠. 마음껏 그려요." 주인은 고개 들어 대답하고는 다시 자기 일을 했다. 큰아이가 어딘가에 앉아서 책을 읽고 싶어 하는 기색을 보이니 주인이 나타나 벤치에 놓여있는 책더미를 치워 주었다. "여기 앉아서 편히 보세요." 하고는 사라지는 주인이었다. 나는 이렇게 손님이 물어보지 않는 이상 나서지 않고, 책을 고르는 손님을 방해하지 않는 책방 주인을 좋아한다.

어린 시절 나에게도 그런 책방 주인이 있었다. 집에서 걸어 10분 거리에 있던 동네 서점 아저씨다. 매대 주변으로 간신히 이동할 수 있었던 이 작은 서점을 자주 드나들었다. 국민학교 시절, 학교가 끝나면 집에 가방을 두고 서점을 찾아가 구석에 쪼그리고 앉아서 책을 봤다. 30대 정도 나이에 둥근 안경을 쓰고 길쭉한 얼굴형을 가졌던 아저씨는 뻔질나게 서점을 드나드는 나에게 아무 말도 하지 않았다. 어린애가 와서 책을 보면 더럽혀질 수 있으니, 혼을 내거나 그만 오라고 할 법도 한데 말이다. 그 서점에서 나는 어떤 제지도 없이 이 책, 저 책을 읽었다. 그러다가 저녁 먹을 시간이 되면 집에 가곤 했다. 도서관이 없었던 그 시절, 마치 이 서점을 도서관처럼 사용했다. 서점은 이렇게 편하게 책을 봐도 되는 곳인 줄 알았다. 내가 이 서점에서 마음껏 책을 볼 수 있었던 것은 엄마와 서점 아저씨의 배려 때문이었다는 것을 나중에야 알게 되었다. 엄마는 학기 초마다 삼 남매의 전과, 문제집 등을 모두 이 서점에서 구매하면서 아저씨와 친분을 만들었다. 그리고 우리가 서점을 편안하게 드나들도록 부탁하셨던 모양이다. 서점 아저씨는 엄마의 부탁에 응하여 우리가 마음껏 책을 읽도록 내버려 두셨다. 거절했으면 그만이었을 텐데, 낭만 가득했던 그때 그 시절 서점 아저씨였다. 오면 오나 보다, 가면 가나 보다 하는 아저씨의 무심한 태도는 내성적이었던 나의 서점 방문을 더 쉽게 해 주었다. 나의 첫 연애소설도 아저씨 덕분에 살 수 있었다. 전과, 문제집과 함께 읽고 싶은 책을 사 주겠다는 엄마의 이야기에 나는 연애소설을 골라 들었다. 6학년 때였던 것 같다. 걱정하는 엄마에게 아저씨는 '이 나이 아이들은 저런 책 봐도 된다.'라고 얘기해주었다. 연애소설을 손에 넣은 나는 마치 어른이라도 된 듯 뿌듯했었다. 엄마와 서점 주인아저씨 덕에 책이 가득한 공간을 마음껏 드나들었던 나는, 그곳에서 온전히 안전하고 편안할 수 있었다.

　그 아이가 자라 아이 둘의 엄마가 되었다. 어린 시절 나의 작은 서점과 똑같은 구조의 책방에서, 무심한 듯 배려하는 책방 주인을 만나니 마음이 몽글몽글해졌다. 책값을 계산하고 책방을 나서려는데, 서점 주인이 기념사진을 찍어 주겠다고 다가왔다. "이 나이 또래 아이들은 엄마랑 같이 서점에 오지 않는데, 보기 좋네요." 한다. 양옆에 아이들을 앉히고 뿌듯한 마음으로 사진 한 컷을 찍었다. 양손 가득 책을 들고 숙소로 돌아가는 길 '우리 동네에도 이런 서점이 있으면 좋겠다.'라고 생각했다. 그러면 나도 엄마처럼 '앞으로 모든 책을 이 집에서 살 테니 아이들이 편안하게 책을 볼 수 있도록 해 달라.' 요청할 수 있지 않을까. 나의 이야기를 들은 책방 주인은 어떤 반응을 보일까 궁금해진다.

우리 집 거실 한쪽 벽에는 직접 만든 커다란 책장이 있다. 가끔 책장을 살펴보면 못 읽은 책들이 눈에 밟힌다. '이제 책은 그만 사야지.' 결심하지만 그때뿐이다. 좋은 책은 매일 쏟아지고 나는 다시 슬금슬금 책을 산다. 책 사는 돈을 아끼려고 도서관에서 책을 대출하기도 했었다. 다 읽지 못할 만큼 빌려와 쌓아놓고 있다가 연체되는 것이 다반사다. 다음에는 읽을 수 있는 만큼만 빌려오자 마음먹어도, 양손 가득 책을 빌리는 것을 멈추기는 어렵다. 책장을 보면서 이런저런 생각을 해 보니 이 모든 과정이 내가 가장 안전함과 편안함을 느끼는 '책이 있는 공간'을 만들기 위한 몸부림이었다는 것을 알겠다.

문득 못 읽은 책을 보면서 자책하지 않고 이곳을 나만의 북카페 겸 독립 서점이라 여기면 어떨까 생각해본다. 시골에 살아 거실 창문 밖으로 낮은 언덕과 바람에 흔들리는 나무와 구름을 볼 수 있으니, '숲

속 서점'이다. 내가 이곳의 무심한 주인장이 되어 내 마음대로 서점을 꾸미면 되겠다. 내 마음대로 책을 분류하고, 책장 앞에 둥근 테이블과 작고 푹신한 의자를 두어 볼까. 좋아하는 차 한잔 들고 그 자리에 앉으면, 손님 자리에서 잠깐 쉬는 주인이 된다. 그러다 아이들이 책을 보러 오면 다시 무심한 주인장으로 돌아가는 거다. 무슨 책을 보든, 무슨 자세로 책을 읽든 간섭하지 않는 주인장. 책을 끝까지 읽으라고 하거나 조용히 읽으라고 강요하지 않는 주인장 말이다. 그러다가 '이 책 어디 있느냐?' 또는 '어떤 책이 좋냐?'라고 물어보면 나타나 답해 주면 된다.

나와 아이들 모두 고개를 들면 산과 나무가 보이는 숲속 서점에서 편안한 마음으로 느긋하게 책을 읽었으면 좋겠다. 그러기 위해 더더욱 무심한 책방 주인이 되어야겠다. 어린 시절 나의 추억 속 책방 주인아저씨처럼.

이게 바로 예술이지. 일상을 예술로 만드는 방법 26

거실, 부엌 어딘가에 나만의 책장을 만들어요. 책장 한 칸도 좋고, 책꽂이 한 칸도 좋아요. 아이들이 아닌, 내가 좋아하는 책들을 한 권 한 권 모아서 채워 보세요.

7

벤츠에서 장화를 꺼내 신는
깽구를 상상하며

✴

이숙희

"난 세상에서 돈 벌 궁리하는 게 제일 재밌더라. 사과를 보면 저게 다 돈이구나 싶어서 신이 나."

깽구는 10년 전 돌연 귀농을 선택했다. 이른 새벽부터 해가 질 때까지 종일 일하느라 힘들 법도 한데 깽구는 늘 흥이 넘쳐 보인다. 깽구는 내 동생이다. 워낙 털털하고 맹구스러운 행동을 자주 해 친구들이 붙여준 별명이지만 난 '깽구'라고 부르는 게 참 좋다. 어릴 때는 하도 싸워서 서로 안 보고 사는 것만이 답이라고 생각했던 적도 있었다. 지지고 볶고, 다투고 화해하면서 함께 시간을 쌓는 동안 깽구와 나는 어느새 참 많이도 닮아 있었다. 시간이 갈수록 한 번씩 만나면 수다로 시간 가는 줄 모른다. 지금이야 과수원도 넓히고 과일잼, 과일청, 샌드위치 등을 만들어 볼 수 있는 체험 카페를 운영하는 사장님으로 마음의 여유가 생겼다지만 깽구는 그동안 힘든 시간을 보냈다.

10년 전 어느 날 제부는 잘 다니던 직장을 그만두고 사업을 하겠노라 선언했고 그렇게 친구와의 동업을 시작했다. 제부의 친구는 아파트 요일 장에서 채소를 팔았다. 벌이도 제법 되고, 하기에 따라 돈을 벌 수 있다고 했던 모양이다. 제부는 쉬는 날 몇 번 아르바이트 삼아 친구 일을 도와주더니 그 일이 천직이라 생각했단다. 처음에는 정말 그 일로 성공하는 줄 알았다. 제부는 정말 재밌어했고, 장사 이야기만 나오면 눈이 반짝였다. 나는 진심으로 잘되기를 바랐다. 그런데 제부가 사업을 시작하고 반년이 지날 무렵부터 깽구는 목소리에 힘이 빠지기 시작했다. 한숨이 는 대신 웃음이 줄었다. 한 번에 적게는 몇백만 원, 많게는 천만 원 이상 드는 비싼 장값에 숨 막혀하고 통장을 스쳐 갈 뿐 남는 돈이 없는 것에 불안해했다. 제부가 사업을 시작한 지 2년쯤 지난 어느 날, 그동안 내색하지 않고 속만 끓이던 깽구는 제부에게 폭탄선언을 했다.

"이제 그만하면 됐어. 시골로 내려가자." 한 살이라도 젊었을 때 내려가 자리를 잡는 게 좋지 않겠냐고 제부를 설득했다. 결국 깽구는 친정 부모님이 계신 곳으로 귀농을 결심했다.

"농사는 아무나 짓는 줄 아니? 애들도 어린데 좀 더 크면 내려가지?"

나의 걱정과 만류에도 깽구는 고집을 꺾지 않았다.

"내가 이기나 세상이 이기나 한번 해보지 뭐."

요즘은 귀농이 흔해졌지만, 동생네가 내려갔을 당시에는 특별한 일이 없는 똑같은 날의 반복인 시골 마을에선 젊은 동생네 부부가 귀농한 일이 엄청난 사건이었었나 보다.

"젊은것들이 뭘 알긴 하겠냐?"

귀농생활에 적응도 할 틈 없이 동네 사람들의 과한 참견과 모진 말을 겪어 내야 했다. 게다가 한참 신중하게 생각하고 나서야 행동으로 옮길 수 있는 제부와 일단 먼저 움직이고 보는 아빠는 서로 너무 다른 성격에 사사건건 부딪쳤다.

"연장 찾는 데만 한 시간이야. 도대체가 일을 할 수가 없어."

"연장을 제자리에 두면 찾기가 편하잖아요."

동생이 내려가고 한동안 아빠와 제부는 아침마다 연장 때문에 실랑이를 벌였다. 깔끔한 성격의 제부는 여기저기 흩어져 있던 연장을 쓰임새별로 정리하고 이름표를 붙여 놓았다. 세상 둘째가라면 서러울 정도로 성격이 급한 아빠는 아침마다 연장 찾다가 볼 일 다 본다고 하소연했다. 그렇게 하루도 평온한 날이 없었다. 깽구는 하루가 멀다고 울면서 전화했고, 나는 동생과 함께 울었다. 그러곤 벤츠에서 장화 꺼내 신는 꿈에 관해 이야기하며 웃음으로 털어 냈다.

"살아있어? 요새 통 전화를 안 하네."

"아침에 눈 뜨면 밭에 가고, 집에 가면 곯아떨어지거든. 언니가 이해해."

이젠 내가 먼저 전화하지 않으면 한 달에 한 번 목소리 듣기도 힘들다. 바쁘다는 걸 알면서도 가끔 서운할 때가 있다.

얼마 전 아이가 물고기를 새 가족으로 들였다. 물고기마다 이름을 지어주고 아침저녁으로 밥을 챙겨주며 수시로 들여다본다. 시작은 작은 어항에 구피 몇 마리 정도였다. 어느새 어항이 커졌고, 물고기 종류도 다양해졌다. 여과기와 산소발생기도 달고, 수초도 가득하다. 뭔가 하나씩 늘어날 때마다 일거리가 생기는 것 같은 생각이 들어 짜증부터 났다. 그런데 요즘은 아이가 제대로 환경을 만들어 주지 못해 물고기가 힘들면 어쩌나 싶어 자꾸 들여다보게 된다. 움직이거나 노는 모습이 신기해서 한참을 들여다볼 때도 있다. 조금씩 알아 가니 마음이 쓰인다. 좋아하는 것을 가까이하고 곁을 내어 준다는 건 결국 이런 게 아닐까?

"어, 지금 바쁘니까 이따가 전화할게."

전화해 봐야 깽구는 늘 무뚝뚝하고 제 할 말만 하지만 좋아하는 것을 가까이하려면 자꾸 곁을 내어 주고 마음을 써야 한다는 걸 물고기를 보며 새삼 깨닫는다. 바빠도 전화 한 통 할 시간이 없나 서운한 마음이 들면 생각을 바꿔 본다.

'에잇 까짓거, 내가 한 번 더 하면 되지 뭐.'

"내 꿈이 벤츠에서 장화를 꺼내 신는 거잖아."

벤츠에서 장화를 꺼내 신는 깽구를 상상하며 웃는 걸로 서운한 마음을 달래 본다.

이게 바로 예술이지. 일상을 예술로 만드는 방법 27

예정에 없이 가족, 친구, 지인에게 전화해서 안부나 일상의 사소한 일들에 관해 물어보세요. 반가워하는 상대방의 목소리에 저도 모르게 목소리가 한 톤 높아지더라고요. 밥은 먹었는지, 비가 오면 우산은 챙겼는지 자주 보지 못해도 마음을 나눠 보세요.

8

비워야 보이는 것들

✴

이윤미

중학생 딸의 방을 정리했다. 책장 빼곡히 꽂혀 있는 문제집과 책을 꺼냈다. 먼지만 잔뜩 쌓여 있었다. 필요한 몇 권만 남겨 두니 책장이 헐렁해졌다. 구석에 있는 서랍장은 열어 보니 필기구만 한가득 들어 있다. 볼펜, 연필, 형광펜 분류해 작은 상자에 나눠 담고, 라벨지를 붙였다. 하교 후 집에 온 아이가 웃는다.

"엄마, 이거 내 방 맞아요?"

나도 처음부터 비우는 걸 잘한 건 아니다. 결혼하면서 혼수로 장만한 냄비 세트, 그릇 세트는 엄마의 취향이었던 것 같다. 그릇도 유행을 타고 내 취향이 아닌 그릇은 잘 사용하지 않게 되었다. 집들이 이후 한 번도 쓰지 않은 살림살이는 싱크대 한가득 자리만 차지하고 있었다. 선반 가득 놓인 그릇과 컵을 일렬로 줄을 세우며 정리하던 기억이 난다. 여러 번의 이사를 하며 그릇들을 싸고 다시 정리하며 생각했다. '내가 한 번도 쓰지 않는 것들을 가지고 다니며 왜 이 고생을 하고 있지?'

그때부터 나는 비우기에 들어 갔다. 6개월 정도 사용해 보고 많이 쓰는 그릇과 사용하지 않는 그릇으로 나누었다. 많이 쓰는 그릇은 고정 자리를 만들고, 쓰고 나면 다시 제자리에 두었다. 물건의 자리가 정해져 있으니 깔끔한 주방을 유지할 수 있었다. 비우고 나니 공간이 만들어지며 겹겹이 쌓아 놓은 접시는 다이소에서 정리대를 구매해 세로로 정리를 할 수 있었다. 이렇게 정리하니, 꺼내 쓰기 수월해졌다. 싱크대 어딜 열어도 넉넉한 공간을 보면 기분이 좋았다. 나는 원칙이 있다. 싱크대 위에는 절대 아무 물건도 올리지 않는다. 식사를 준비하고 나서도 바로바로 치우고 정리까지 하는 습관을 지니려고 많은 시간 노력했다. 물건을 미리 사 두지도 않는다. '언젠가는 쓰겠지.' 하고 쟁이는 습관은 공간의 어수선함을 불러온다. '언젠가'라는 말은 결국 지금 필요가 없다는 것이다. 세제와 청소용품 같은 일상생활에서 필요한 물건 외에는 이미 집 안에 있는 물건은 사지 않는다.

주방의 물건들을 비워 내며 자신감이 생긴 나는 옷장 가득 있던 옷도 정리하고 비우기로 했다. 옷장에서 옷을 모두 꺼냈다.

'맨날 똑같은 옷만 입는 것 같은데, 이렇게 옷이 많았나? 이 옷은 가

격표도 안 뗐네.'

꺼낸 옷 중 자주 입는 옷과 손이 안 가는 옷으로 구분했다.

'내가 작년에 입은 적이 있었나?' 일 년이 넘게 입지 않은 옷은 상자 안에 넣었다.

옷을 정리하다 보니 나의 체형과 맞지 않아 불편한 옷은 한 번만 입고 자리 차지만 하고 있었다. 일 년 동안 입지 않은 옷, 작아서 못 입는 옷, 나에게 필요 없는 옷 중에 상태 좋은 것을 골라 굿윌스토어에 기부했다. 기부하니 영수증을 발급해 줬다. 비우기만 했을 뿐인데 기부하고 세금 공제도 받으니, 일석이조다.

공간의 여유가 생기니, 시간까지 절약되었다. 물건이 없는 바닥은 청소기 한번 쓱 지나가면 되고 아무것도 놓여 있지 않은 싱크대는 손걸레 한번 쓱 지나가면 청소 끝이다. 시간이 많아지면서 정리와 청소에 대한 스트레스가 줄어들어 행복 지수도 높아졌다.

비워진 만큼 채워진 것들이 있다. 비워서 얻어진 시간에 책을 읽었다. 독서 모임에 가입했다. 독서 모임 친구들을 집으로 초대했다. 집 맞아? 모델하우스 아니야? 갤러리 아니야? 모두 놀란 듯이 이야기한다. 비움이 빛을 발하는 시간이다. 커피를 내렸다. 어쩌지? 우리 집에는 모든 식기를 4개씩만 사용 중인데. 독서 모임 멤버는 나 포함 다섯 명이다. 선물 받고 뜯지 않은 머그잔을 꺼냈다.

"윤미야, 너희 집 올 때 텀블러 챙겨와야겠다."

친구가 우스갯소리로 이야기한다. 모두 깔깔거리며 웃었다.

커피를 마시며 책 이야기를 했다. 이번 책은 헤르만 헤세의 『싯다르타』였다. 같은 책을 읽고 감상의 내용은 조금씩 다르지만, 나는 이 책에서 '단순함과 소박함'이라는 단어가 와 닿았다. 책을 통해 집착과 마음을 비우면 윤택한 삶을 살아갈 수 있다는 것을 알았다.

"무겁게 살면 힘들어, 그냥 심플하고 소박하게 사는 게 좋더라."

"딱 너다. 너는 지금도 그렇게 살잖아." 친구들이 묻는다. 어떻게 하면 꼭 필요한 것만 두고 사냐고.

모두가 집으로 돌아갔다. 독서 노트에 인상 깊은 문장을 필사했다. 읽고 토론하고 쓰면서 책의 의미를 한 번 더 생각한다. 조용히 생각하는 시간, 좋은 문장이 내 마음에 남았다.

엄마가 돌아가시고 난 뒤 친정집 냉장고를 정리했다. 국수를 좋아하는 아빠를 위해 엄마가 사둔 국수 한 묶음이 그대로 있다. 아빠는 유통기한 지난 국수를 버리지 않았을까? 눈물이 떨어졌다. 쓰레기통에 버리며 마음이 아팠다. 엄마 생각이 났다. 집에 돌아와 냉장고를 열었다. 물건을 정리하는 건 나에게도 가까운 사람에게도 필요한 일이라는 걸 알았다. 일상을 단순하고 소박하게 가꾸며 살고 싶다.

내가 있었던 자리, 난 무엇을 남기고 싶은 걸까. 좋아하는 사람들과 함께 나눈 마음, 아름다운 문장, 기억하고 싶은 시간. 이것만으로도 충분하다.

비우면 내가 좋아하는 것만 남는다.

이게 바로 예술이지. 일상을 예술로 만드는 방법 28

오늘은 무얼 비울까? 매일 비우기를 실천해 보세요. 집에 있는 물건 중 필요 없는 물건을 하루 한 개씩 비우고, 캘린더에 예쁜 이모티콘을 붙여 보세요. 이모티콘이 쌓인 만큼 달라져 가는 우리 집을 볼 수 있을 거예요.

9

별이 빛나는 밤에

✳

정가주

오른쪽 팔뚝에 붙여 놨던 파스를 잡아떼고 씩씩거리며 나왔다. 꽁한 마음이 풀리지 않아 한숨을 푹푹 내쉬면서. 오늘도 냉전이다. 엄마가 하는 말은 다 잔소리로 들리나 보다. 아파트를 뱅뱅 돌았다. 30분쯤 지나니 몸이 끈적하다. 휴대폰 열었더니 문자 하나 없다. 집에 들어오니 아들은 잠들어 있다. 딸은 제 방에 들어가 방문 닫고 뭐 하는지 나와 보지도 않는다. 물 한 컵 벌컥 들이켜고 내 책상에 앉았다. 블로그에 글 한 편 올리려다가 그만뒀다. 영화를 볼까, 드라마를 볼까 하다가 유튜브를 열었다. 성시경 노래를 플레이하다가 고등학교 때 매일 듣던 라디오 프로그램 〈별이 빛나는 밤에〉가 갑자기 생각나 검색했다. 공개 방송이 주르륵 떠 있었다. 영상은 없고 음성만 나오는 방송이지만 오프닝 음악이 흘러나오니 나도 모르게 입가에 미소가 지어졌다. 〈별이 빛나는 밤에〉를 들으며 공부했던 때가 있었다. 여고 시절, 책을 펴놓고 딴생각하며 라디오에서 흘러나오는 노래와 이야기에 푹 빠져 들던 때가 나에게도 있었다. 밤 9시가 되면 음악이 나오고 이문세 아저씨가 들려주는 멘트에 귀를 쫑긋거렸다. 매일 밤 책상에 앉아 라디오를 들으며 공부 반, 딴짓 반 하던 10대의 내 모습이 떠오른다. 윤종신이 나와 〈친구와 연인〉을 부른다. 신인 때 목소리를 들으니 신선하다. 혼자 중얼거리며 따라 부른다.

"그댈 위해 버린 시간들을 이젠 다시 찾고 싶어요. 더 이상 그대의 인형은 싫어."

그래, 나도 다시 찾고 싶다 내 시간. 쿵쿵 울리는 음악에 빠져 영상이 나오지도 않는 방송을 듣고 또 들으며 작은 목소리로 흥얼흥얼 따라 불렀다. 딸과 비슷한 나이, 그때 나는 무슨 생각하면서 지냈을까. 워크맨으로 토미 페이지의 〈I'll be your everything〉을 들으며 이상형이라고 운명적인 만남을 꿈꾸기도 했고, 뉴키즈 온 더 블럭 콘서트 티켓을 예매하지 못해 발 동동 구르던 여고 시절. 쉬는 시간 〈별은 내 가슴에〉 드라마에 홀딱 빠져 친구들과 깔깔거리고 수다 떨던 기억도 있다. 뭔가에 푹 빠져 오매불망 기다리고 가슴 설레던 그때. 좋아하는 노래를 무한 반복하며 툭하면 사랑에 빠진 순수했던 내 모습이 아른 거렸다. 집에 들어오면 방문 쾅 닫고 혼자 있고 싶어 했던 때가 나에게도 있었다.

야간 자율학습이 시작되기 전 전속력으로 교문 밖으로 달려 학교 앞

다락방 분식에서 육개장 라면을 흡입하고 친구랑 뛰어 올라오던 언덕 길. 친구가 더 좋았던 시절에 나는 어떤 꿈을 품고 있었을까. 음악을 들으며 열여덟의 나를 떠올렸다. 불안하고 흔들렸지만 맑았던 시절의 나로. 무엇이든 될 수 있었던 때, 조용히 흘러나오는 인순이의 〈이별 연습〉을 들으며 눈물이 핑 돌았다. 난 두 아이의 엄마가 되었구나, 흰머리 희끗 나오는 아줌마가 되었구나, 나는 지금 무엇이 되었나, 난 뭘 좋아하며 살고 있나. 멍하니 앉아 있으니 화장실 가려던 딸이 나를 흘끗 쳐다본다.

고등학교 앞 새로 생긴 선물 가게에 연예인 최수종이 온 적 있다. 그날 자율 학습 시간 학교 정문 앞에서부터 최수종을 기다리는 행렬이 끝이 안 보일 정도로 길었다. 저 밑에서 '꺅' 소리가 들려올 때 서로 보겠다고 앞에 있는 친구와 소리 지르고 흥분해 날뛰던 풋풋한 마음을 가진 내가 생각났다. 결국 사인회는 밀려드는 인파로 취소되었지만, 그때처럼 뭔가에 빠져 두근거리는 마음을 느끼고 싶어졌다.

요즘 들어 자주 하는 생각은 '그때 그랬더라면'이다. 20대에 철들어 더 치열하게 공부하고 노력했더라면, 도서관에 처박혀 책을 많이 읽었더라면, 결혼을 안 했더라면, 젊었을 때 여행을 많이 했더라면, 영어를 잘했더라면 등. 내가 이루지 못했던 삶에 대한 후회와 아쉬운 마음이 든다. 혼자 북 치고 장구 치고 슬퍼졌다가 힘이 불끈 났다가 한다. '인생이 원래 그런 건가?' 하면서.

꿈을 꾸다가도 마음 약해질 때가 많았다. 주로 나에 대한 자신감이 문제긴 했지만 몰입하고 집중해야 할 때 정신을 흐트러지게 만드는 자잘한 일 때문이기도 했다. 온전히 내가 하고 싶은 일만 하면서 살 수는 없는 노릇이니 속으로 투덜거리면서도 산더미처럼 쌓인 빨래를 세탁기에 넣고, 컵을 씻고, 바닥을 닦았다. 아이들의 꿈에는 언제나 '해 봐, 도전해!'라고 말하면서 내 꿈에는 온갖 변명과 이유를 갖다 대며 주저했다. 경제적으로 수지타산이 맞는지, 이 돈을 나한테 투자해도 좋을지, 살림이랑 병행해도 문제가 없는지. 시작하면 언젠가 끝을 맺는 날이 오기는 할지.

이제라도 마음 가는 대로 좋아하는 걸 찾아 살고 싶다. 문학소녀가 되어 아무에게도 방해받지 않고 좋아하는 작가의 소설을 종일 읽고, 조승우가 나온다는 연극 〈햄릿〉 예매에 성공해서 친구와 함께 관람도 하고, 혼자만의 파리 여행을 꿈꾸며 미술관 투어 일정도 계획하고, 나만의 아지트에서 도란도란 북클럽 하는 날도 꿈꿔 본다. 하고 싶은 일을 행동으로 옮길 수 있는 체력과 눈치 보지 않는 마음을 만들어 가야지. 일단 고고! 정신으로. 나만 생각하며 살 수는 없지만, 내 생각대로 일상을 만들어 갈 수는 있다. 내가 원하는 삶으로 방향을 약간 틀기만 하면 된다. 완벽한 상황이란 없다. 매일 일이 생기고, 하지 못할 이유만 쌓여 간다. '이래서 안 돼, 이건 나중에.' 하면서 계속 미루기만 했다. 하면 안 될 상황과 이유를 먼저 생각하니 머릿 속이 복잡해졌다. 시작도 하기 전에 포기했다. 하고 싶으면 그냥 하면 되는 건데 뭐가 그리 어려웠을까.

고흐의 〈별이 빛나는 밤에〉 그림이 좋다. 은은한 강물에 비친 별빛, 초여름 싱그러운 저녁의 풀 내음을 맡으며 걷는 저녁 산책길이 생각나는 그림이다. 하지만 화가는 가장 힘들었을 시기에 이 그림을 그렸다고 한다. 고갱과 다투고 자기 귀를 자른 고흐, 마음의 상태가 더 이상 견딜 수 없는 지경에 빠지자 프랑스 아를에 있는 요양원에 가기로 결심한다. 자신의 병을 인정하게 된 것이다.

'별을 보는 것은 언제나 나를 꿈꾸게 한다.'라고 말했던 고흐의 말을 다시 생각한다. 현실은 힘들고 고통받을지라도 먼 곳을 향해 밝게 빛나는 별들을 바라보는 그의 간절한 마음이 느껴진다. 별처럼 반짝거리는 순간은 잠깐이다. 그러니 마음에 들지 않는 일상이 이어진다 해도 불안과 두려운 마음을 잘 조율하며 내가 좋아하는 것을 더 좋아하면서 보내고 싶다.

이게 바로 예술이지. 일상을 예술로 만드는 방법 29

이문세의 <별이 빛나는 밤에>를 유튜브에서 검색해 들어 보세요. 좋아했던 가수의 노래를 듣다 보면 학창 시절 꿈꿨던 나를 다시 만날 수 있을 거예요. 마음에 품고만 있는 일을 일단 시작해 보는 용기를 갖기!

10

졸린 수영복을 입는 그날을 위해

✳

최은정

생애 첫 수영강습은 23년 겨울의 시작을 알리는 11월, 그것도 새벽 7시 타임에 시작되었다. 광클을 시도했지만, 원했던 저녁 7시 타임은 1초도 안 돼서 마감되었다. 새벽 7시 타임이 1자리가 남아 있었는데 '그럼, 아이들 등원은 어떡하지.'라는 고민은 수강 신청을 성공한 후에야 하게 되었다. 근육이 너무 없어 무릎부터 시작해서 다리 여기저기에 아픔의 신호가 오면서 재활 목적으로 시작한 수영이었다. 처음 무릎에 신호가 왔을 때 의사 선생님께서 추천해 주신 운동은 매일 1시간 이상 걷기, 필라테스, 수영이었다. 제일 먼저 도전했던 필라테스는 너무 힘들어서 실패했고 1시간 이상 걷기는 매일 1시간을 채우는 데 실패했다. 이제 남은 것은 수영뿐이었다. 당분간은 아이들과 남편보다 나를 먼저 챙기자는 마음이 불끈 들었다. '평생 아침형 인간으로 살아온 적이 없는 내가 할 수 있을까?' 하는 고민조차 사치일 정도로 다리 근육을 되살려야 한다는 절박함이 나의 새벽을 깨웠다.

강습 첫날, 여자 탈의실에 들어가서야 유튜브라도 보고 올 걸 하고 후회가 되었다. 수영복을 입고 샤워실을 가야 할지 샤워실에 가서 수영복을 입어야 할지 혼자 고민하다가 뻑뻑한 수영복을 탈의실에서 꾸역꾸역 입었다. 샤워실에 들어가려는 순간 직원분께서 외쳤다.

"잠시만요. 오늘 처음 오신 거예요? 수영복은 샤워 후에 입으셔야 해요."

"아. 죄송해요. 오늘 처음이어서요. 얼른 벗을게요."

민망할 틈도 없이 나는 수건을 안 가져온 것을 알게 되었다.

"죄송한데요. 혹시 여기서 수건 빌릴 수 있나요?"

다행히 직원분께서는 잘 말려진 수건 하나를 건네주셨다. 샤워한 후 수영복을 입고 수영장 안으로 들어가서도 쭈뼛쭈뼛하는 나를 보고 또 다른 직원분께서는 초급반은 첫 번째 레일이라고 알려 주셨다. 5분의 준비 운동을 하고 주위를 둘러보니 나를 포함 우리 레일에 6명의 여자 회원이 있었다. 선생님께서 제일 먼저 알려 주신 것은 양손을 물 밖의 바닥에 대고 점프해서 바닥에 올라앉기였다. 다섯 번째 순번이었던 나는 앞에서 너무 쉽게 하는 것을 보고 가볍게 점프했지만 내 엉덩이는 물속 밖으로 반절밖에 나가지 못했고 세 번의 시도 만에 성공했다. 쉬운 게 하나도 없는 수영강습 첫날이다. 그다음에는 양손으로 물을 떠서 입을 대며 '푸~' 하며 불어 보라고 하셨고 그런 후에는 물안경을 쓰고 얼굴 전체를 물속에 넣어 보는 것이었다. 물에 대한 두려움이 없는 나는 이것만큼은 자신이 있었다. 물안경을 쓰고 실내 수영장 물 안을 들여다보는 것은 처음이었다. 에메랄드색 바닥에 살짝 흔들리는 물이 조명에 반짝거리며 만들어 내는 아름다움은 앞 전의 민망했던 모든 일을 기억에서 사라지게 했다. 강습의 하이라이트인 발차기가 시작되었다. 물 밖 바닥에 6명의 회원이 쪼르르 앉아서 힘차게 두 다리를 움직이기 시작했다. 의욕에 넘쳐 있었던 나는 50번이고 100번이고 열심히 배와 다리에 힘을 주고 발을 찼다. 평생 제대로 된 운동이라곤 해 본 적이 없는 나는 내 몸을 제대로 쓰지 못한다는 것을 이때 알게 되었다. 열심히 발차기하다 보니 다음날 왼쪽 발바닥이 염증으로 인해 통증이 생겨 정형외과에 가는 일이 생겼다. 아픈 다리를 재활해 보겠다고 시작한 운동이 또 다른 아픔을 만들 줄이야! 어쨌든 아침에 열심히 물 안에서 발차기하고 샤워하고 나오니 상쾌함은 이루 말할 수 없었다. 돌아오는 차 안에서 나는 검은색 민무늬 수영복은 던져버리고 화려한 패턴 수영복을 입고 싶다고 생각했다. 그리고 수영강습 첫날부터 나의 수영복 검색은 시작되었다.

수영복을 검색하다 보니 나이키, 아레나 정도만 알고 있던 실내 수영복 브랜드 시장이 매우 커졌음을 알게 되었다. 르망고, 후그, 스웨이브, 센티, 배럴, 풀타임, 딜라잇풀, 리얼리 굿 스윔, 스위밍 캣 그리고 졸린. 내가 새로 알게 된 브랜드만 해도 이 정도다. 그리고 여러 브랜드를 한곳에 모아둔 편집숍 사이트인 '가나 스윔'이라는 곳도 알게 되었다. 육지 옷 또한 화려함과는 거리가 먼 사람이라 화려한 패턴의 수영복을 입고 싶다고 생각은 했지만, 막상 사려고 보니 망설여졌다. 그렇다고 검은색은 입기 싫고 해서 고른 제대로 된 나의 첫 번째 수영복은 나이키의 골지 그린 색의 솔리드 패스트백 자수 수영복이었다. 나름 용기를 낸 부분은 다리 컷을 로우 컷이 아닌 미들 컷으로 선택한 것이다. 나이키 수영복을 입고 간 첫날, 자유형 발차기가 안 되어도 마냥 즐거웠다. 짧은 시간 안에 모든 영법을 마스터하는 게 목표가 아니었기 때문에 수영이라는 도전 앞에 새로운 스타일의 수영복은 꽤 힘을 북돋아 주었다. 킥 판 잡고 자유형 발차기와 팔 돌리기, 킥 판 빼고 자유형 발차기와 팔 돌리기, 킥 판 잡고 배영 발차기와 팔 돌리기, 킥 판 빼고 배영 발차기와 팔 돌리기. 휴우. 일주일에 2번 강습으로 여기까지 오는 데 3개월이 걸렸다. 2회 강습에 3~5회 자유 수영. 엄마가 된 후로 무언가를 이렇게 열심히 했던 적이 있었던가? '세상 쉬운 자유형 발차기를 왜 이렇게 어렵게 하지?'라고 혼잣말했던 강사님은 몰랐을 거다. 근육은 없고 체지방만 가득한 몸으로 일주일 내내 수영장 물속에서 발버둥 쳤을 내 노력을. 그 사이 몸무게가 2.5kg이 빠져 있었다. 3개월 동안 쇼핑몰 장바구니에만 담아 둔 새로운 수영복을 살 제대로 된 핑계가 생겼다. 나이키 수영복은 이제 커져서 수영하다 보면 물이 수영복 안으로 들어와 무겁기 때문이다. 옷장 안 수영복을 정리해 둔 칸에는 앞에 언급한 10개의 브랜드 중 7개의 브랜드 수영복이 수영모와 짝을 지어 나란히 놓여있다. 수영을 시작한 지 7개월이 되어가는 지금 나는 폼은 좀 엉성해도 접영, 배영, 평영, 자유형을 다 할 수 있게 되었다. 수영복을 모으는 재미가 운동에 영 소질이 없는 나를 여기까지 이끌어주었다. 영법 하나하나를 배우고 터득하면서 수영을 좋아하는 것을 넘어 사랑하게 되었다. 무언가를 좋아하는 마음의 힘은 생각보다 더 대단하다고 느끼고 있다.

여름날 아이들과 같이 보는 영화 하나는 〈니모를 찾아서〉이다. 짧은 한쪽 지느러미라는 핸디캡을 가진 '니모' 그리고 가장 절망스럽고 힘든 상황에서 니모 옆에 있어 준 '도리'. '도리'는 "Just keep swimming!"을 흥얼거리며 문제들을 해결해 나간다. 그냥 꾸준히 즐거운 마음으로 헤엄치다 보면 심각했던 문제들은 서서히 사라진다. 체지방 가득한 몸을 이끌고 어렵게 수영해야만 하는 나에게 'Just keep swimming!'을 흥얼거려 준 나의 수영복들. 생각지도 못했던 암담한 상황에서 내가 사랑하는 걸 찾았다. 2달 뒤 중급반에 올라가면 나를 위한 선물로 수영복의 끝판왕이라 하는 졸린 수영복을 살 것이다. 졸린 잭슨 레드 타이백으로.

졸린 수영복을 입는 그날을 위해. 'Just keep swimming!'

이게 바로 예술이지. 일상을 예술로 만드는 방법 30

그동안 해 보고 싶지만 여러 가지 이유로 미뤄 놓은 운동 목록을 적어 보세요. 그중 지금 당장 할 수 있는 운동을 시작하고 운동 일지도 써 보고요. 모두가 볼 수 있는 SNS에 꾸준히 기록하면서 운동 메이트도 만들어 보면 좋겠지요?

4장

일상이
예술이 되는 순간

1

살아 있는 책, 산책

✳

김민경

연이은 더운 날씨에 계속 바다와 계곡이었다. 가을까지 걷기는 무리라고 생각했는데 비 없이 흐린 날이 찾아왔다. 물놀이 대신 산책을 즐기러 송지호 둘레길에 섰다. 철새 관망 타워 앞에 주차하고 둘레길을 따라 걷는다. 우리는 늘 왼쪽으로 산책을 시작해 한 바퀴를 돌아 오른쪽으로 나온다. 아이와 함께 걷는 송지호 한 바퀴는, 2시간이 넘는다. 멈출 곳도, 들릴 곳도 많기 때문이다. 시작하는 숲길 데크를 따라 걷다 보면 시야가 트이고 그대로 갈대밭 풍경이 와락 안긴다. 제주도 오름처럼 둥글둥글 작은 산들이 호숫가에 근사한 병풍을 둘렀다. 데크길을 지나고, 갈대가 펼쳐진 습지도 지나가면, 고성 시골길이 이어진다. 좁은 오솔길을 걷다가 넓은 호수가, 다시 오솔길을 걷다가 넓은 논이 펼쳐진다. 흐린 날씨에 나선 산책이다. 구름에 가려진 해와 호수를 둘러싸고 자욱하게 낀 안개에 세상이 흐릿흐릿 흑백이었다. 갑자기 눈 앞에 펼쳐진 논에 싱그러움이 흘러넘친다. 똑같이 생긴 벼들이 길쭉길쭉 넓은 곳에 모여 있을 뿐인데, 두 발과 두 눈이 꼼짝없이 멈추었다. 칙칙한 날임에도 시원한 기분이다. 어느새 마음도 초록이 된다. 논둑 위로 메꽃과 도라지꽃을 지나 이름 모를 들꽃이 걸음마다 반짝인다. 분홍 꽃들이 여기저기 가득한데, 분홍이 다 같은 분홍이 아니다. 진한 분홍, 흐린 분홍, 빛이 담긴 듯 밝은 분홍과 묘하게 설레는 분홍도 있다. 미세하게 다른 분홍들이 저마다의 색을 자랑 중이다. 걷다 보니 어느새 왕곡마을이다. 짚으로 올린 초가집 갈색 지붕 위에 파릇파릇 풀이 자랐다. 이전에도 왕곡마을을 몇 번이나 찾았건만, 지붕 위의 풀들은 오늘에야 눈에 든다. 어쩌면 맑은 날보다 흐린 날 더 많은 자연의 색을 만날 수 있는 게 아닐까?

며칠이 지나 아이와 다시 송지호를 찾았다. 먼저 본 아름다운 호숫길을 어서 아이와 보고 싶은데, 아들은 주차장 화단에서 벌레를 쫓느라 바쁘다. 지금 눈앞에 있는 것에 집중하고 그대로 즐기는 아이다. 반면에 입구부터 수시로 멈추는 아이를 보며, 나는 조급한 마음에 미간을 찌푸리고 있다. 중요한 건 호수 한 바퀴를 서둘러 도는 것이 아니다. 아이와 자연에서 즐거우면 되는 것인데, 시간을 재촉하는 마음은 습관처럼 쉽게 나를 덮는다. '후우~' 소나무 가득한 호수 길에서 크게 숨을 들이쉬었다. 조급증을 토닥여 들여보내고 아이가 찾아줄 새로운 자연에 대한 기대감을 불러낸다. 어느새 송지호에 사는 동식물

안내판에 멈추어 큰소리로 읽고 있는 아들이다. 10살인 내 아이는 아직도 이렇게 사랑스럽다. 호수 둘레길을 감싼 풀들 사이, 도드라지게 단단한 삐쭉이를 만났다. '도깨비바늘'이다. 아이의 옷과 곤충을 잡으러 들고 온 뜰채에 온통 도깨비바늘이 붙었다.

"엄마, 도깨비바늘은 이렇게 사람한테 붙어서 온 세상을 여행한대요. 얼마나 좋을까요?"

점점 가 보고 싶은 곳이 많아지고 있는 아들이다. 아무래도 여행을 즐기는 도깨비바늘이 부러운 눈치다. 아이가 멈추고, 앉았다 일어나는 자리에는 반드시 생명이 있다. 오늘은 곤충들의 알집을 많이 만났다. 식물의 가지, 잎과 줄기뿐 아니라 데크 기둥에도 수십 개의 알집이 있다. 산책길 한가운데 큰 뱀이 일광욕 중이다. '쉬쉬쉭~' 우리의 걸음 소리에 빠르게 숲으로 사라졌다. 아들은 뱀이 숨어 들어간 덤불을 흔들어 본다. 그 속에서 뱀 대신 연둣빛 청개구리가 폴짝하고 뛰어나왔다. 길가에 핀 노란 꽃이 예쁘다. 여러 송이가 모여 피었다. 향기를 맡으려 코를 가까이 대다가 깜짝 놀란다. 꽃송이 뒤에 거미가 숨어있다.

"엄마, 게거미예요. 꽃인 척 숨어있다가 꽃가루와 꿀을 찾아온 곤충들을 잡는 사냥꾼이에요."

"진짜 꽃 뒤에 거미가 있네. 거미줄 없이 꽃 뒤에 숨어있다가 사냥하는 거미라니 신기하다. 이쪽에도 있다. 저 꽃 위에도 있어."

아는 만큼 보인다고. 아이의 설명을 들은 후로는 여기저기 게거미가 보인다. 열매를 발견하면 늘 발이 멈춘다. 꽃이 지고 그 아래 씨방이 부풀어 열매가 되는 모습이 봐도 봐도 신기하다는 아이다.

생물학자처럼 진지한 눈으로 푹 빠져 자연을 관찰하다가도 사이사이 장난기가 쏟아진다. 챙겨 온 잠자리채를 머리에 쓰고 피노키오 코를 만들더니, 이제는 보고 싶은 곤충을 찾는 탐지기로 사용한다. 탐지기가 제 구실을 했다. 왕곡마을 그네 아래 물웅덩이에 거머리가 보인다. 책에서만 보던 거머리를 실제로 보고 싶다며 남의 집 논에 들어가려는 걸 말린 게 한두 번이 아니다. 이렇게 물웅덩이에서 쉽게 만날 줄 몰랐다. 엄마는 '뜨악' 하고 있는데, 거머리를 만난 게 기적이라며 기쁨이 넘치는 아이다. 집에 데려가 키우고 싶다는 아들 말에 다시 한 번 '뜨악'이다.

"아들아, 엄마가 거머리는 도저히 안 되겠어."

가을의 송지호에선 많은 새를 만난다. 아이와 내가 함께 좋아하는 책 『초원의 집』에는 광활한 대초원의 풍광 묘사가 가득하다. 그 멋진 풍경들이 주인공 로라 잉걸스의 상상이 더해진 언어로 특별하게 그려진다. 송지호에서 로라가 알려 준 실버호숫가 새들의 모습을 찾는다. 아이와 밤마다 책을 통해 만난 풍경들을 우리가 사는 고성 곳곳에서 마주친다. 매일 조금씩 고성을 더 사랑하는 중이다. 로라 잉걸스에게는 플럼 시냇가와 실버호수가 있고, 우리에게는 바다와 송지호가 있다. 송지호의 가을풍경에 아이와 나의 이야기를 담는다. 바로 며칠 전 왔던 곳인데, 여기저기 새로운 발견이 이어진다. 아이의 걸음과 아이의 눈을 따라가면, 천천히 더 많은 것들이 내게 다가온다. 갈대숲 사이로 눈에 띄지 않던 작은 꽃들과 빨간 열매들. 그 사이로 흐르는 작은 물길을 발견한다. 왕곡마을 정자에 앉아 집에서 싸 온 치즈김밥을 먹었다. 정자 옆 그네도 타고 널뛰기도 뛰어 보고, 우연히 만난 동갑 친구와 함께 개울에 낙엽을 던지며 깔깔댄다. 다시 발을 옮긴다. 걷다 보니 대나무 숲이다. 가만히 한줄기를 잡고 껍질을 벗긴다. 손이 빨개지고 따끔거리는 것도 모른 채, 계속 껍질 벗기기에 열중한다. 드디어 새하얀 대나무 속살이 보인다. 빨개진 손을 바라보며 말리고 싶은 마음을 누르고 눌렀다. 서두르지 않고 그저 옆에서 기다려 주리라 다짐한 마음을 오늘은 지켜 낸다.

"엄마 이제 가요."

아이 입에서 먼저 나오는 한 마디에, 나도 편안하게 답한다.

"실컷 했어? 그럼, 이제 가자."

아이와 고성 살이 4년 차다. 고성의 청정 자연을 감사히 누리며 살고 있다. 아이와 매번 가는 숲이건만, 꽃과 식물은 계절마다 달랐다.

이름 모를 풀과 나무를 옆에 두고도 보지 못하던 내게, 아이는 하나하나 이름을 알려 주었다. 소개받은 친구들이 하나둘 보이기 시작했다. 모르던 친구들도 점차 나와 가까워졌다. 그리 싫었던 벌레와도 조금은 친해졌다. 동물원이 아닌 자연에서 살아가는 새와 다람쥐, 청설모와 고라니를 바로 눈앞에서 만났다. 어른이 되며 잊었던 신나는 마음이 어느새 내 안에 다시 자란다. 지금은 누구보다 계절을 진하게 느끼며 살아간다.

테론 수족 인디언 추장인 '서 있는 곰'이 말했다.
'세상은 거대한 도서관이며 돌, 나뭇잎, 풀, 실개천, 새, 들짐승……
등은 책이다.'
그 문장에 여전히 마음이 떨린다. 어쩔 도리 없이, 오늘도 손에 잡은 책을 내려놓고 아이와 밖으로 나온다. 그리고 함께 '살아 있는 책'을 읽는다.

이게 바로 예술이지. 일상을 예술로 만드는 방법 31
살아 있는 책을 읽어 보세요. 돌, 나뭇잎, 풀, 실개천, 새, 들짐승, 살아 있는 책을 읽고 있나요? 세상이라는 거대한 도서관에서 읽는 진짜 책을 놓치지 않길 바라요.

2

자라섬에서 지구인을 외치다

✳

김은주

나는 덕질을 했었다. 고등학교 시절 젝스키스에게 반해 지방 출신임에도 버스를 타고 서울 콘서트에 가는 열정을 뿜어냈었다. 모범생 같은 나에겐 청소년 시절 제일 큰 일탈이었다. 그 후 대학에 가고 현실의 삶에 쫓겨 그런 감정은 어느새 뒤로 묻혔다. 연예인을 좋아하는 일은 쓸데없는 일이라고 애써 마음을 덮어 두었다. 그러다 2016년 젝스키스가 재결합했다. 내 안의 소녀가 다시 뛰쳐나왔다. 결국 난 30대에 다시 덕질을 시작했다. 회사와 집만을 오고 가던 내 일상에 조그마한 행복의 자리가 만들어진 것이다. 앨범을 사고 굿즈를 사 모으고 콘서트를 가기 위해 예매를 하고 오빠들이 나오는 프로그램을 챙겨보고. 지금 돌이켜 봐도 나의 덕질은 활화산 같았다. 직장을 다니며 쉽지 않았지만, 주말에 하는 팬미팅, 콘서트를 부지런히 쫓아다녔다. 잠실에서 팬미팅이 끝나고 집으로 돌아가는 버스를 기다리는데 광역버스 입석 금지에 찜질방으로 갔던 어이없는 사건도 있었다. 불꽃 같은 활동을 하더니 어느새 뜸해지고 기다림의 시간 속에서 코로나 시절까지. 콘서트에서의 감흥을 느낄 기회가 없어서 너무 아쉬웠다. 음악을 반복 재생하며 마음을 달래야 했다.

올해 가평 자라섬에서 '경기 모아 뮤직 페스티벌'을 한다고 했을 때 망설임 없이 참여를 결정했다. 콘서트는 많이 가 봤지만, 야외 페스티벌은 첫 경험이었다. 페스티벌 당일 아침 설렘으로 눈을 떴는데 밤새 비가 내려 대지가 다 젖어 있는 걸 보니 걱정이 밀려왔다. 그래도 짐을 챙기고 장우산을 챙겨 집을 나섰다. 전철을 타기 전 메가커피에 들러 아이스 아메리카노 두 잔을 샀다. 커피를 기다리는 그 짧은 시간 동안 장대비가 쏟아졌다. "속상하지만 비 맞는 건 어쩔 수 없겠네." 혼잣말 하며 전철에 올랐다. 다행히 두 정거장 뒤 지인이 타서 함께 소담스러운 대화를 나누며 가평역까지 가다 보니 지루할 새가 없었다. 이제 세 번째 만난 친구인데도 세심한 성격의 친구라서 대화가 끊임없었고 서로 존중하는 마음이 느껴지는 즐거운 대화가 좋았다. 페스티벌에 인당 2캔까지는 반입 가능하다는 일행의 전화를 받고 가평역에 도착한 후 GS25에 들어가서 각자 취향의 캔맥주, 하이볼 4캔을 샀다. 자라섬까지 운행하는 셔틀버스를 타고서 다른 일행들과 합류했다. 셔틀에서 내려 걷기 시작했을 때 어느새 비구름은 거짓말처럼 사라졌다. 햇볕 강한 오후를 느끼며 강바람과 풀잎들 사이를 유유히 걸어갔다.

넓은 풀밭에 앰프 소리, 돗자리를 깔고 앉아 있는 사람들, 먹거리 존의 냄새까지 나의 오감을 자극하는 모든 것들이 그곳에 있었다. 우리도 안주를 사서 돗자리에 자리를 잡았다. 그때가 오후 3시가 조금 못 된 시간이었는데 햇볕이 얼마나 강한지 장우산을 쓰고서도 땀이 흘러내렸다. 하지만 함께 맥주를 마시면서 노래를 듣고 있는 이 순간이 꿈결처럼 느껴졌다. 실내 콘서트에서 느껴보지 못했던 생경한 느낌으로 가슴이 두근거렸다. 가평이 이리도 가까운 데 자라섬에 오는 것도 처음이었다. 많은 사람이 야외에서 친구끼리, 가족끼리 모여 앉거나 누워서 음악을 즐기는 풍광이 낯설지만, 어느새 나도 그 속에 스며들고 있었다. 우리는 서로의 얼굴에 반짝이 스티커를 붙이고 음악에 몸을 맡기면서 어색한 감정은 금세 사라졌다. 존박, 잔나비 밴드의 음악을 들으며 심장이 쿵쾅거렸고 손과 발을 자유자재로 움직이며 음악에 젖어 들었다. 음악과 분위기에 취해 체면이나 타인의 시선은 신경 쓰이지도 않았다. 그렇게 경기 모아 뮤직 페스티벌 사람들 속에 속해 있는 내게서 열정이 느껴졌다. 야외 페스티벌이라는 새로운 경험을 했고 평범한 일상에 단비 같은 시간을 나에게 선물했다.

만약에 혼자였다면 이곳에 올 엄두를 못 냈을 것이다. 소중한 사람들과 둘러앉아 각자의 방식으로 음악을 즐기는 우리라서 가능했던 일이라는 생각이 든다. 나의 든든한 울타리 주현, 프로 페스티벌러 인

수, 다정하고 세심한 희요까지. 우리는 조금 더 친해졌다. 제일 기다리던 김창완 밴드가 나올 때는 우산을 접어도 될 만큼 해님도 구름 속에 숨어드는 시간이었다. 이렇게 야외의 한 곳에서 시간을 오래 보내본 적이 있던가? 자라섬 옆으로 모터보트가 움직이고 예쁜 꽃들, 나무, 새들의 날갯짓, 구름의 움직임, 해가 지는 모습까지 모든 게 완벽했다. 그곳에 어둠이 내리고 좋아하는 밴드의 음악까지 나오니 행복하다는 감탄사가 그냥 흘러나왔다. 김창완 님의 신곡 〈나는 지구인이다〉는 신선한 충격이었다. 우리가 흔히 아는 김창완 님의 서정적인 목소리와 기타 선율이 아니라 전자음이 강하게 울리면서 '나는 지구인이다. 지구에서 태어났다. 지구에서 자라나고 여기서 어슬렁댄다.' 이 가사들은 굉장히 단조로운데도 심오한 생각의 심연으로 나를 잡아 끌어당기고 있었다. 즉석에서 김창완 님의 제안으로 "지구야 고맙다."를 외치는데 '그렇지. 나는 지구에서 살고 있지. 어느 행성도 아닌 지구에서 태어나 여러 관계를 맺으며 살아가고 있지.' 평범한 사실을 다시금 깨달았다. 〈기타로 오토바이 타자〉 등 명곡들을 들으면서 스르르 눈을 감았다. 노래에 완벽하게 빠져든 것이었다. 그러면서 마음속 깊은 곳에서 울컥하는 것이 느껴졌다. '아, 울면 안 되는데.' 어쩔 수 없었다. 신나는 노랫소리와 사람들의 함성이 느껴지는 가운데에서 나는 눈물을 흘리고 있었다. 갑자기 터진 폭죽 소리에 귀가 멎을 것 같은데 폭죽과 함께 내 눈물도 주체할 길 없이 같이 터져 버렸다. 너무 축복 같은 시간이었다. 창피한 줄도 모르고 눈물을 쏟아내며 주현을 안고 고맙다는 말을 전했다. 음악과 친구가 함께 있으니 천국이었다.

　주현과의 첫 만남에 서로 어색해하던 게 3년 전이다. 이젠 서로의 깊은 이야기도 나눌 수 있는 든든한 동네 친구가 되었다. 나보다 어리지만, 생각이 크고 품이 넓은 사람이다. 내가 고마움을 표현할 때마다 "은주 님이 선택해서 함께한 것이니 은주 님의 행복은 스스로 만든 거예요."라고 예쁘게 말해 준다. 나의 새로운 시도의 바탕에는 사람이 있었다. 동네 청년 모임인 소소를 시작으로 절에서 만난 인연들, 주민센터에서 만난 인연들! 시절 인연처럼 스쳐 지나가기도 한다. 그래도 진심으로 대했기에 후회도 없고 좋은 기억만 남았다. 나에겐 없을 것 같던 열정도 내 속에서 찾아내었다. 아프더라도 사람을 다시 믿고 음악을 곁에 두며 에너지를 얻는다. 매일 조금씩 앞으로 나아가고 있다. 내 삶에 인연과 열정을 품고 일상을 예술로 가득 채워 나가고 있다.

이게 바로 예술이지. 일상을 예술로 만드는 방법 32

경험하지 못한 문화생활에 도전해 보세요. 콘서트, 페스티벌, 뮤지컬, 연극, 미술 전시회, 박물관 등 접해 보지 못한 것들을 내 일상에 들여 보는 거예요. 첫 경험이 주는 짜릿함과 재미를 찾아보며 나만의 취향을 수집해 보는 과정이 행복할 거예요.

3

누구에게나 산들바람은 부드럽게

✳

김인혜

    내게 인생 영화를 하나 꼽으라고 한다면 망설임 없이 대답할 수 있다. 바로 〈쇼생크 탈출〉이다. 1995년 처음 개봉했을 때 극장에서 보진 못했으나 비디오테이프로 빌려 보고 난 후 지금까지 스무 번도 더 넘게 봤을 것이다. 그중에는 우연히 영화 채널을 돌리다 중간부터 본 횟수도 포함인데 이 영화의 특이한 점은 한 번 보기 시작하면 꼭 끝까지 볼 수밖에 없다는 거다. 〈쇼생크 탈출〉의 마지막 장면은 그 감동과 카타르시스가 보고 또 봐도 절대 줄어들지 않는다.

    지난 5월에 〈쇼생크 탈출〉이 극장에서 재개봉되었다. 극장의 큰 스크린으로 볼 수 있다니 너무 설레었다. 예약 창이 열리는 날 바로 표를 예매하고 재개봉 날짜를 손꼽아 기다렸다. 어릴 적 텔레비전에서 한 번 본 적 있다는 친구와 함께 극장으로 향했다. 아주 여러 번 봤던 영화였지만 142분의 상영 시간이 하나도 지루하지 않았다. 대사를 통

째로 적어두고 싶을 만큼 영화의 모든 메시지가 좋았다. 영화의 거의 모든 부분을 좋아하지만 그중 내가 이 영화를 정말 사랑하게 된 이유인 장면은 두 개다. 첫 번째 장면은 누명을 쓰고 감옥에 갇힌 주인공 앤디가 감옥의 잔혹한 일상에 적응하며 살다가 우연히 교도관과 거래할 기회를 얻게 되고, 편법 탈세의 방법을 알려 주는 대가로 같이 일하는 감옥 동기들에게 맥주를 선물하는 장면이다. 교도소 지붕에 방수 페인트를 칠하는 마지막 작업을 마친 후 땀에 젖은 앤디와 동료들은 얼음 바스켓 속에 담긴 시원한 맥주를 나눠 마신다. 사실 앤디는 맥주가 마시고 싶었던 게 아니다. 그는 무리와 살짝 떨어져 앉아 맥주와 함께 노동 후의 휴식을 즐기고 있는 동료들을 바라볼 뿐이다. 감옥에 수감된 이후 몇 년 만에 처음 지어 보는 미소와 함께.

두 번째 장면은 교도소장의 재산 은닉을 도와주며 사무실에서 일할 수 있게 된 앤디가 기부받은 음악 LP를 가지고 몰래 방송실에 들어가 쇼생크 교도소의 모든 죄수에게 틀어 주는 유명한 장면이다. 모차르트의 피가로의 결혼 중 두 여인의 아리아 〈저녁 산들바람은 부드럽게〉가 쇼생크에 울려 퍼진다. 죄수들은 처음엔 어리둥절하다가, 다들 동작을 멈추고 어디선가 들려오는 음악에 홀린 듯 빠져든다. 왜냐하면 쇼생크에 그런 오페라가 흘러나온 적은 단 한 번도 없기 때문이다. 그들은 아름다운 음악에 젖어 쇼생크라는 공간을 잊는다. 아름다운 음악에 휩싸인 그 순간만큼은 그곳은 감옥도 아니고 고된 일터도 아니다. 그저 천상의 감미로운 노랫소리를 들으며 예술 감상자로서 존재할 뿐이다.

20여 년 동안 쇼생크에 있으면서 앤디는 수년간의 끊임없는 편지로 얻어낸 기부금과 책들, 음악 LP 등으로 교도소 안에 도서관을 만들어 작은 문화공간을 가꾸어 낸다. 거기서 사람들은 책도 읽고 음악도 듣고 검정고시를 준비하기도 한다. 감옥은 자유를 완전히 빼앗긴 공간이다. 타인에 의해 정해진 지루하고 무의미한 루틴(일상)만이 존재하던 그곳에서 앤디는 감옥의 루틴을 벗어나 삶의 빛나는 순간을 빚어내고자 무던히 노력한다. 그가 그렇게 애써서 얻어 낸 소중한 순간들—일을 마치고 동료와 함께 맥주를 마시며 쉬는 순간, 아름다운 음악을 공유하는 순간, 책을 읽고 글을 쓰며 나를 성장시키고 희망을 꿈꾸는 순간—은 삶의 자유를 빼앗긴 감옥이라는 시공간과 대비되어 더 소중하게 빛이 난다. 그리고 영화를 보던 우리는 문득 깨닫게 된다. 우리는 그 순간들을 앤디보다 훨씬 더 적은 노력을 들여서도 얻을 수 있지 않나 하고.

나는 어느덧 40대 중반이 된 평범한 아줌마이고 남들이 보기에도 아주 평범한 일상을 보내고 있지만 혼자서 만족스러워하는 비밀 루틴들이 있다. 좋아하는 작가의 신작이 있는지 주기적으로 찾아보기, 인생 소설을 발견하기 위해 탐색 또 탐색, 그러다 우연히 보물 같은 소설을 만나게 되면 정말 기뻐 날뛴다. 독서는 반드시 방해받지 않는 공간에서 한다. 깔깔 소리 내어 웃기도 하고 펑펑 울기도 하며 제대로 책을 즐겨야 하기 때문이다. 예쁜 독서 노트에 발췌한 문장 적어 놓기, 독서 모임에서 사람들과 감상을 공유하고 맛있는 음식 나눠 먹기, 미술책 읽고 때때로 미술관 가기, 좋아하는 음악 들으면서 산책하기, 풍경 감상하며 사진 찍기, 사색하려고 노력하기, 영감이나 단상이 떠오르면 바로 메모장에 적어 놓기, 그 메모들이 모여 가끔은 시가 되고 한 편의 글이 된다. 이 중 내가 제일 좋아하는 비밀 루틴 중 하나는 바로 이런 것이다. 집에 있는 네 개의 책장 중 내 책만 꽂을 수 있는 나만의 책장이 있다. 내가 아끼는 책들로 빼곡한 책장을 보면 언제 봐도 뿌듯하고 배부르다. 가만히 책장을 보고 있으면 얼마 전 누군가에게 해 주고 싶었던 말을 책에서 읽었던 기억이 떠오른다. 손으로 책들을 짚어 내다가 오랜만에 그 책을 꺼내 본다. 책에 쌓인 먼지를 툭툭 털어 내고 스르륵 책을 넘겨 보며 밑줄 그어 두었던 문장을 찾아낸다. 그리고 그 문장을 다시 메모장에 적거나 마음속에 새겨 둔다. 다음 만남 때 그 문장을 전해 줄 생각에 도토리를 하나 발견해 입에 물고 돌아가는 다람쥐처럼 가슴이 콩닥콩닥 두근거린다.

아주 소소한 것들이지만 그것들을 얻으려면 조금의 노력은 필요하다. 일상은 그대로 두면 그저 흘러갈 뿐이다. 내 주변에 있는 생생하고 진솔한 아름다움은 바로 나만이 찾아낼 수 있다. 그렇게 발견한 아름다움을 조금 거창하게 표현한 말이 일상의 예술일 것이다. 그렇다면 어느 집에나 예술이 있고, 누구에게나 예술이 있다. 미술가 마르셀 뒤샹은 파리의 약국에서 혈청이 담긴 유리병 하나를 사서 혈청을 비워 내고는, 빈 유리병에 '파리의 공기 50cc'라고 적어 미국에 사는 친구에게 선물했다. 그리고 그 유리병은 곧 예술 작품이 되었다. 이처럼 이미 존재하는 것들로부터 새로움과 아름다움을 발견해 내는 사람들을 우리는 예술가라고 부른다. 무엇을 어떻게 바라보고 어떤 의미를 부여할 것인지 우리는 스스로 선택하고 결정할 수 있다. 길가에 널려 있는 나무와 꽃이, 새와 작은 생물들이 나에게 새롭게 발견되기를 기다리고 있지 않을까. 나로부터 아름답다는 말을 듣고 사랑한다고 고백받기를 내 주변의 사람들과 사물들이 애타게 기다리고 있을지도 모를 일이다.

주변의 사물과 사람에게 먼저 사랑의 대화를 건넬 줄 아는 사람이 되고 싶다. 아주 작은 귀 기울임과 눈 여김, 아주 작은 마음 씀으로 나의 하루를 빛나게 할 작은 점들을 찍어 나가는 일이 보람되고 기쁘다. 그 점들은 스스로 만든, 내 안에서 빛나는 별들이다. 〈쇼생크 탈출〉의

앤디는 모차르트 음악 소동 후 동료에게 말한다. "모차르트가 머릿속에 있었어, 이 마음 안에도. 그래서 음악이 아름다운 거야. 그건 빼앗아 갈 수 없거든." 누구도 빼앗을 수 없고 내 안에 비밀스럽게 간직할 수도 있는 작은 아름다움들, 혹은 작은 예술들. 매일 반복되는 일상이 마치 감옥처럼 지루하고 답답하게 느껴진다면 내 안의 빛을 찾아 나서는 여행을 떠날 때이다, 바로 지금.

이게 바로 예술이지. 일상을 예술로 만드는 방법 33

문장 하나, 음악 한 곡, 그림 한 점. 내가 아름답다고 느끼는 작고 낭만적인 것들을 주변 사람들에게 선물해 보세요. 독서 모임에 참여하거나 전시회, 음악회를 함께 다녀보는 것도 좋아요. 예술의 순간을 공유하며 마음의 감동도 함께 나눠 보세요.

4

어쩌다 독립, 혼자 행복한 시간

✳

류제영

"그래, 누군들 자기 인생이 그렇게 마음에 들까, 그런 사람이 몇이나 될까. 알면서도 나는 내 인생이 정말 마음에 안 든다." 드라마 〈엄마가 뿔났다〉의 주인공 김한자가 말한 대사는 우리 시절 수많은 엄마를 대변한 게 아닌가 싶다.

2008년 난 둘째를 낳았고 드라마 속 김한자(김혜자 분)는 독립을 선언했다. 다섯 살 터울의 두 아이 육아와 유학생 남편 뒷바라지에 정신이 반 정도 나가 있던 난 '저건 드라마니까.'라며 내 인생을 체념했더랬다. "아버지, 전 이 집을 나가고 싶어요."라는 며느리 김한자의 대사는 신선했지만, 충격이 더 컸고 잠시나마 빙의가 되어 해방감을 맛보기도 했다. 15년이 지난 지금 '난 어쩌다 독립해서 사는' 꿈에 그리던 엄마가 되었다. 소위 주변 엄마들이 부러워하는 '전생에 나라를 구한 여자'가 된 셈이다.

아침이면 흐트러진 머리를 대충 동여매고 반은 내려앉은 눈꺼풀을 하고 주방으로 걸어가던 나로부터 드디어 해방되었다. 이른 아침 일정이 잡힌 날을 빼고는 알람 따위는 맞추지 않는다. 그저 커튼 사이로 비집고 들어오는 투명한 햇살 때문에 저절로 눈 뜨는 아침을 맞는다. 누운 채로 충전기에 꽂혀있는 핸드폰에 손을 뻗는다. 출근이 빨라 일찍부터 내게 문자를 남긴 고객들에게 집중하는 시간을 보낸다. 침대에서 꼼지락거리며 일하는 게 힘들어지면 벌떡 일어나 흐트러진 이불을 양손에 거머쥐고 탁탁 털어 정리한다. 여유 부리며 한 자리에 오래 머물러도 누구 하나 탓할 사람이 없는 자유가 이렇게 좋은 거였나 싶다.

난 늘 일하는 여자였지만, 밥을 해야 하는 주부이기도 했다. 내일 아침엔 뭘 해 먹을까를 미리 생각하고 준비하는 열렬한 살림꾼이 아니었기에 난 아침마다 허둥댔다. 손이 빠르지 않아 아침밥을 준비하고 도시락까지 챙기는 한 시간이 전투 같았다. 주방을 난장판으로 만든 채 겨우 시간에 맞춰 도시락을 건네주면 큰아이는 나가면서 한 번씩 나를 한심하게 쳐다보는 듯했다.

몇 년 전 아이들 유학과 나의 일 때문에 독립하게 되었다. 독립 후나의 아침은 완전히 달라졌다. 밥 준비보다 운동과 책 읽기로 시작하는 여유로운 아침이다. 규칙적인 시간을 내기 힘든 직업인지라 홈트가 나의 최애 운동이 되었다. 일단 요가 매트부터 깔고 오늘은 무슨 운동을 할지 잠시 고민한다. 몸이 굳었다 싶으면 요가나 스트레칭으로 가볍게, 붓기가 느껴지면 일명 '죽음의 타바타'를 따라 하며 땀을 흠뻑 쏟아 낸다. 홈트를 선별하는 기준은 말 많은 선생보다 부분별 근육을 얼마나 역동적으로 깨워 줄 수 있는가이다. 때론 20대에 들었던 유행가에 맞춰 나 홀로 댄스파티를 벌일 때도 있다. 흥겨움은 나이를 잊어버리게 하는 마력을 가지고 있다.

나이 들어 늙는 것이 아니라 삶에서 열정이 사라졌을 때 노인이 된다던 미국의 철학자 헨리 데이비드 소로의 말은 옳다. 아침 운동을 하는 내내 마법을 건다. 평생 열정을 잃지 말 것!

어릴 때 밥보다 책이 좋았다. 인천 큰아버지 집엔 여섯 명의 사촌을 위한 세계 명작 책이 많았다. 큰집 골방에 틀어박혀 온종일 밥도 굶어 가며 책을 읽었던 어느 날은 하늘이 정말 노랗게 보인다는 말이 무엇인지 실감했다. 아이들 키울 때는 동화책을 읽고 또 읽는 반복적인 생활을 10년 동안 한 거 같다. 아직도 "커다란, 커어다란 사과가 쿵!" 하고 동화구연을 하던 내 목소리가 귀에 쟁쟁하다.

올해 내 목표는 한 달에 한 권 책 읽기다. 요즘은 다독보다는 정독을 목표로 책과 함께 노트도 펼친다. 노라 존스나 제이슨 므라즈의 노래는 독서와 함께 동반자다. 노라 존스를 클릭하는 순간 첫 곡으로 나오는 〈Don't Know Why〉는 나의 공간에 온기를 불어넣기 시작한다. 노라 존스의 감미로운 목소리는 온 집안 공기를 따스하게 해 흐린 날에 더 어울린다. 분위기 좋은 카페에 앉아 있는 기분이 들어 메모하는 손길에도 정성이 들어간다.

제이슨 므라즈는 박웅현의 『책은 도끼다』라는 책에서 '한가로운 일요일 오전 11시에 고양이가 내 무릎에 앉아 잠자고 있고, 제이슨 므라즈의 음악이 들리고'로 소개하여 알게 되었다. 제이슨 므라즈의 음악은 통통 튀는 기타 소리가 매우 경쾌해 책을 읽다 나도 모르게 비트에 맞춰 춤을 추게 한다. 므라즈의 노래엔 푹 빠져들게 하는 마력이 있다. 직접 쓴 노랫말은 매혹적인 멜로디와 어우러져 므라즈의 깊은 감성이 목소리에 그대로 묻어난다. 므라즈의 감미로운 목소리는 내게 고백한 것도 아닌데 들을 때마다 심장이 오그라들게 한다. 왜 이렇게 좋냐며 홀로 속삭이고 혼자 감동한다.

〈Lucky〉와 〈I,m Yours〉는 『꾸뻬 씨의 행복 여행』을 읽을 때 자주 함께였다.

"진정한 행복은 먼 훗날 달성해야 할 목표가 아니라, 지금, 이 순간 존재하는 것입니다."라는 꾸뻬 씨의 말을 실천하기 딱 좋은 조합이다.

'아름답다.'라는 말이 '나답다.'라는 어원을 지녔다는 걸 얼마 전에 알게 됐다. 결국 이 말은 나답게 사는 삶이 아름답다는 의미이리라. 한창 아이들 키울 땐 아이들에게 맞춤인 엄마로 살기 위해 노력했다. 내가 읽고 싶던 책보다 아이들에게 도움이 되는 책에 먼저 손이 갔고, 피아노 배우고 싶은 내 맘은 억누르고 아이들 악기 하나 더 배우게 했다. 나보다 가족이 우선이었고 그들의 진보가 내 행복이라고 착각하며 살았다. 그러다 보니 어느새 자아는 없어지고 내가 뭘 좋아하는지조차 생각나지 않는 사람이 되어 버렸다. 엄마의 삶은 경력 단절만 무서운 게 아니라 나답게 살던 모습이 어떤 건지 잃어 가는 것도 무섭다는 걸 독립해 살아 보니 알겠다. 아이를 낳고 길러 봐야 철이 든다고, 요즘 나를 키우면서 소망했을 엄마의 마음을 헤아려 본다. 내가 우리 아이들에게 바라는 삶이 있듯 우리 엄마도 나에게 바라는 삶이 있었을 테니까.

다음 주, 방학이라 잠시 다니러 온 가족들이 말레이시아로 돌아가고 나면 드럼을 배워 보려고 한다. 아름답게 늙어 가려면 혼자서도 행복한 습관들을 만들어 가야 한다는 걸 이젠 알겠다. 나다운 하루가 좋다. 인생은 살 만하다고, 그래도 아름다운 날들이 더 많았노라고 엄마를 만나면 말해 줄 수 있을 거 같다.

이게 바로 예술이지. 일상을 예술로 만드는 방법 34

혼자 호캉스를 즐겨보는 건 어떨까요? 가장 예쁜 숙소에서 좋아하는 음악을 틀어 놓고 독서 삼매경에 빠져 보세요. 누구의 방해도 받지 않는 온전한 나만의 하루를 만들어 보세요.

5

론강의 별이 빛나는 밤

✳

신유진

프랑스 남부, 아를에서의 하룻밤은 아쉬웠다. 거리에 인적이 일찍 끊겼다. 언어도 통하지 않는 낯선 땅에서 캄캄한 밤 중학생 아들과 론강을 걸어서 오가기에는 위험하다고 생각했다. 이른 시간 숙소에 들어가 아들은 일찍 잠들었다. 잠든 아이를 두고 혼자 다녀올까, 잠시 생각했지만 그럴 수 없었다. 아를에 숙소를 잡은 이유는 밤하늘의 별을 보기 위해서였다. 숙소의 창문을 빼꼼히 열어 보니 가로등의 환한 불빛 아래에서도 별이 빛났다. 늦겨울, 앙상한 나뭇가지 사이로 별이 반짝였다. 자는 아이를 깨웠다.

"여기서라도 별을 봐. 고흐가 본 그 별을. 우리 이거 보려고 여기까지 온 거잖아."

비몽사몽 침대에서 일어나 창문에 걸터앉았다. 고개를 들어 하늘을 보았다.

"와! 별이 진짜 많다. 어떻게 이렇게 예쁠 수가 있지?"

밤이었지만, 하늘은 푸른색 바다 같았다. 어둠이 짙어지기 전 론강에 다녀왔다. 5분만 걸어가면 다시 갈 수 있는 곳이다. 강가의 밤하늘은 얼마나 더 별이 총총 빛날까 아쉬웠지만 같은 하늘 아래 별을 보고 있음에 위로가 되었다.

아를은 빈센트 반 고흐의 도시다. 오랜 방황과 상처 끝에 희망을 품고 정착한 곳이다. 〈별이 빛나는 밤〉, 〈해바라기〉, 〈노란 집〉, 〈밤의 카페 테라스〉 같은 아름다운 그림을 그린 곳이다. 짧지만 고갱과의 행복한 시간을 보낸 곳. 귀를 자르고 정신병원에 간 곳도 아를이다. 어떻게 내가 그곳에 갈 생각을 했는지. 알 수 없는 끌림이었다. 고흐의 흔적 따라 여행한 후 파리로 간다. 아를은 작은 도시라 파리로 가는 기차가 없었다. 아침 일찍 서둘러 아를역에서 아비뇽으로 갔다. 아비뇽에는 파리로 가는 고속열차가 있다. 열차를 타고 파리에 도착하기까지 프랑스 남부의 한적한 도시를 여럿 지났다. 프랑스 지명을 알 리가 없는데 화가와 화가의 작품으로 도시 이름이 익숙했다. 아비뇽에서 테제베를 타고 2시간 40분이 지나 파리에 도착했다.

파리에서 1순위로 가야 할 곳은 오르세 미술관이었다. 1년 전 파리에 갔을 때 오르세 미술관을 방문하지 못했던 아쉬운 마음 때문이었다. 2월은 비교적 비수기여서 기다리지 않고 입장할 수 있었다. 오디오 가이드를 빌리기 위해 줄을 섰다. 영어로 질문할 말을 머릿속으로 생각했다. 우리 차례였다.

"안녕하세요? 한국인이시죠?"

외국인 직원이 먼저 한국말로 정중하게 인사해 주어 서툰 영어가 쏙 들어갔다. 오디오 가이드 사용법을 한국말로 충분히 설명해 주었다.

"새해 복 많이 받으세요."라고 정확한 발음으로 인사해 주었다. 한국은 설 명절 연휴였다. 타국에서 듣는 새해 인사가 기분 좋은 관람을 시작하게 해 주었다. 오르세 미술관은 인상파 화가의 작품이 있는 제일 위층부터 관람하는 것이 좋다는 정보를 알고 있었다. 에스컬레이터를 타고 5층으로 향했다. 입구부터 북적였다. 첫 작품부터 아는 작품이었다. 끌로드 모네의 〈국화꽃〉 정물화였다. 그다음 작품도 그다음 작품도 그림 한 점 한 점, 책으로 보고 감상한 그림이었다. 유유자적 미술 북클럽에서 미술책을 3년 넘게 읽어 왔다. 우린 클럽 이름처럼 유유자적하게 읽었다. 한 달에 한 권 읽기로 정해 놓았지만 못 읽으면 한 권을 두 달 넘게 읽기도 하고 아이들 방학에는 건너뛰기도 했다. 그림을 잘 아는 사람도 없었다. 봤던 그림이 다음 책에 또 나와도 처음 본 것처럼 낯설었다. 반복해서 읽었다. 그렇게 읽은 책을 쌓아 보니 스무 권 가까이 되었다. 꾸준히 공부했던 그동안의 시간이 반짝 빛나는 순간이었다. 어느 한 그림 앞에 유독 사람이 많았다. 어떤 그림인지 알 것 같았다. 한두 발짝만 걸어가면 되는 거리를 가면서 그림을 보기도 전에 가슴이 벅차고 눈에 눈물이 그렁그렁 차올랐다. 아를을 거쳐 온 그동안의 여정이 영화처럼 스쳐 갔다. 고흐의 〈론강의 별이 빛나는 밤〉이다.

책에서만 보고 가슴에 품었던 그림을 드디어 마주하게 되었다. 영어도 불어도 못 하는 내가 13세 아들과 단둘이 지구 반대편으로 날아가 그림 한 점의 배경을 보러 떠난 도전이 현재 진행형이라는 사실이 믿기지 않았다. 밤하늘의 별은 불꽃놀이를 하듯 별빛이 희미하게 퍼져 나갔다. 강가의 인공불빛은 강물에 비춰 강물과 함께 흔들렸다. 캄캄한 밤이지만 강물과 하늘은 빛을 품은 푸른색이다. 실제로 본 아를의 론강은 그림처럼 화려한 불빛은 없었다. 고흐가 그림을 그렸던 그때로부터 100년이 지났음에도. 해가 질 무렵 별이 희미하게 보이던 론강은 꾸밈이 없었다. 조금 실망했지만 그러기에 더 아련했다. '평범한 풍경을 고흐가 따뜻한 시선으로 바라보고 그린 거였어.' 그림 앞에 오래 머물고 싶었지만, 사람이 많아 다음 그림을 보러 움직였다. 마네, 모네, 르누아르, 세잔, 고갱, 드가. 모든 화가의 그림에 마음을 빼앗겨 오래 머물 수밖에 없었다. 미술관 문을 열자마자 들어갔는데 점심시간이 되어서도 아직 5층 인상파 방을 나오지 못했다. 인상파 방 옆 시계탑이 보이는 레스토랑이 있었다. 점심을 먹고 에너지 충전 후 다시 관람하기로 했다. 시금치 프리타타와 치킨 카레덮밥을 주문했다. 낮이었지만 이런 분위기에서 와인 한잔 곁들이지 않을 수 없었다. 나는 화이트 와인을 아들은 스파클링 워터를 시켜 "짠!" 건배하고 우아하게 식사했다. 오르세 미술관 레스토랑에서 아들과 단둘이 건배하는 순간. 이 순간을 영원히 기억해야지 그 장면을 의식적으로 저장했다.

밥을 먹었으니 빨리 가자는 아들의 재촉이 시작되었다. 나는 그림을 더 보고 싶어 휴대폰을 보면서 기다려달라 했다. 휴대폰 배터리가 거의 방전된 아들은 기념품 판매장에 충전기를 사러 갔다.
'일반 케이블은 10유로, 엄마가 좋아하는 〈론강의 별이 빛나는 밤〉 그림 있는 건 19유로야.' 톡이 왔다.
론강 그림이라고 하기에 기다리라 하고 뛰어 내려갔다.
"그러니까 우리나라 돈으로 일반 케이블은 15,000원이고 론강의 별 밤 그림은 29,000원이라는 거지?" 주저하지 않고 19유로를 냈다. 충전기 덕분에 나는 체력이 다하는 순간까지 미술관을 둘러볼 수 있었으니 19유로의 값어치는 충분했다. 충전 케이블은 디자인에 충실한 나머지 다른 것에 비해 충전 속도가 현저히 떨어졌다. 여행을 다녀온 후 그 물건은 자연스럽게 장식품으로 전락했다. 그러나 나의 취향이 담긴 그 물건은 다른 연결을 시도한다. 지나간 시간의 추억 같은 것을. 그 추억은 나의 것이지만 한 편의 영화를 본 건 아닌지.

'우리에게 뭔가 시도할 용기가 없다면 삶이 도대체 무슨 의미가 있겠니?' 고흐가 동생 테오에게 쓴 편지에 있는 글이다. 나에게 하는 말처럼 느껴진다. 용기가 필요했다. 여정을 계획하고 실행하는 도전에도 용기가 필요했지만, 더 큰 용기는 멈춰 서는 용기였다. 꼬박꼬박 받는 달콤한 월급을 포기하고 회사를 그만두는 용기가 먼저였다. 힘들어도 내가 일을 하면 가족 모두 경제적으로 편안한 삶을 누릴 수 있었다. 책임감이 항상 나를 따라다녔다. 25년간 회사에 다니며 공허하고 채워지지 않는 무언가가 있었다. 채워지지 않은 무엇은 '나'를 위한 삶이었다. 밤하늘의 별을 보면 알 수 없는 동경이 생긴다. 새로운 꿈을 꾸게 한다. 별에 갈 수 없어 '별' 하면 떠오르는 고흐의 별을 찾아 나선 건 아닐까. 나는 묘한 해방감을 느낀다.

사춘기를 지나는 아이, 갱년기를 맞이하는 엄마. 매일 전쟁같이 싸우며 오늘을 산다. 힘든 순간마다 아들과 별을 보며 감탄하던 순간을, 오르세 미술관에서 건배하던 그때를 떠올린다. 낯선 땅에서 단둘이 의지하며 같은 곳을 바라보던 그날을 기억한다. 용기를 내지 않았다면 별처럼 빛나는 순간은 우리에게 없었을 것이다.

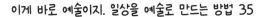

이게 바로 예술이지. 일상을 예술로 만드는 방법 35

좋아하는 화가가 있나요? 좋아하는 그림은요? 바로 대답할 수 있도록 해 보세요. 뭐부터 해야 할지 모르겠다면, 가까운 미술관에 예정된 전시를 알아보세요. 전시와 관련된 책을 읽고 미술관에 방문해 보세요. 반복하며 내 취향을 알아 가요.

6

단편영화 속 장면들을
쌓아가는 나날

✳

희경

"엄마, 부엌에서 소리가 나."

자려고 누웠는데 둘째 아이가 나를 부른다. 살펴보니 인덕션 위 환
풍구에서 부스럭부스럭 소리가 나고 있었다. 무슨 소리인지 대충 짐
작이 갔다. 몇 년 전에도 비슷한 일이 있었다. 이미 시작된 일이고 막
을 수 없다는 것을 안다. 아이들에게 "엄마가 왜 그런지 알아. 내일 확
인해 보자."하고는 잠을 청했다.

다음 날 아침, 식탁에 앉았는데 또 부스럭부스럭 소리가 났다. 고양
이 벼리가 싱크대 위로 뛰어올라 환풍기 쪽에 발을 올렸다. 강제로 끌
어내려진 벼리는 근처 창문틀에 앉아 귀를 쫑긋 세우고 야옹댄다. 혹
시나 해서 환풍기를 틀어 보기도 했지만, 소리는 멈추지 않았다. 포기
하는 마음으로 며칠을 보내고 나니 부스럭 소리 대신 "짹짹" 소리가
울려 퍼진다. 환풍기 안에서 아가 새들이 태어난 것이다. 며칠 동안
들렸던 소리는 새 부부가 열심히 둥지를 짓는 소리였다.

몇 년 전에는 아가 새들이 지저귀는 소리부터 들었다. 동물농장에나 나올 법한 일이 생겨서 신기하기도 했고, 어떻게 해야 할지 몰라서 곤혹스럽기도 했다. 새들이 자라서 날아갈 때까지 기다리는 것 말고는 할 수 있는 일이 없었다. 새들의 소리가 멈추고 난 후 환풍기를 뜯어 봤다. 예상했던 것보다 많은 양의 지푸라기가 들어 있었다. 이 많은 양을 입으로 물어 나르느라 부모 새가 얼마나 고생했을까 생각했었다. 그 후 환풍기 입구를 양파망으로 덮어 두었는데, 시간이 흐르니 낡아서 뜯어진 모양이었다. 마을 사람들과 얘기하다가 시골에 살다 보면 자주 일어나는 일임을 알았다.

이른 아침부터 엄마 새와 아빠 새가 부산스럽게 움직인다. 모이를 물어 주느라 바쁜 모양이다. 파드닥파드닥 날갯짓하는 소리가 들린다. 창문으로 내다보니 두 마리 새가 번갈아 환풍기 안으로 들어갔다 나왔다 한다. 새들의 짹짹거림이 시끄러워 안방으로 도망가기도 했다. 그나마 밤에는 조용해지니 다행이었다. 시간이 갈수록 짹짹 소리도 노래로 들리고 고양이들도 무심해졌다. 환풍기를 돌리지 못해 집안 가득 퍼진 음식 냄새도 신경 쓰지 않게 되었다. 이렇게 며칠 지내다 보면 문득 알게 된다. 이제 아무 소리도 들리지 않는다는 것을. 이번에는 새들이 작았나 보다. 새들이 환풍기를 떠날 때까지 일주일도 걸리지 않았다.

새들이 날아가고 환풍기 안에 가득한 지푸라기들을 꺼내면서, 이 공간에서 집을 짓고 알을 낳은 부모 새에 대해 생각해 본다. 작은 새니 알을 낳기 위해 안전한 장소를 찾고 찾았을 것이다. 우연히 입구가 열려있는 환풍기를 발견하고 기뻐하며 쉴 새 없이 지푸라기를 날라 둥지를 지었겠지. 내가 틀어댄 환풍기 바람이나, 가까이에서 들리는 고양이 울음소리가 무서웠을지도 모른다. 그래도 집을 짓는 중이니 멈출 수가 없었을 테고. 몇 날 며칠 고생해서 지은 집에서 알을 낳고, 아가 새들이 태어나니 얼마나 기뻤을까. 먹이를 나르는 반복된 노동 때문에 힘들기도 했겠지만, 넙죽넙죽 먹이를 받아먹는 아가 새들을 보면서 힘을 냈을 것이다. 그러던 어느 날, 아가 새들이 환풍기 구멍을 빠져나가 하늘로 날아가자, 이제 내 역할이 끝났음을 알고 안도의 한숨을 쉬지 않았을까.

우리 집 환풍기 속에 머물렀던 부모 새처럼, 나도 꽤 오랜 시간 동안 아이들이 어린 시절을 보낼 공간을 찾아다니다 시골로 이사했다. 아이들이 사교육과 경쟁에 찌들지 않고 자신만의 개성을 마음껏 발휘하길, 도시의 소음과 복잡함보다는 자연의 여유로움과 다채로운 경험을 하길 바랐다. 우리의 첫 시골집은 거실 창문으로 하늘과 강이 훤히 보이고, 옥상과 마당이 있는 작은 집이었다.

이 작은 집에서 맞던 첫 번째 1월 1일 아침, 새벽에 눈을 떴는데 창문 밖으로 해가 떠오르고 있었다. 집에 앉아 일출을 볼 수 있다니, 그 것도 새해 첫 일출을. 창문 앞으로 시야가 훤히 트여 있는 집이어서 가능한 일이었다. 놀랍고 신기해서 잠자는 아이들을 깨웠다. 추워하는 아이들과 함께 이불을 뒤집어쓰고 거실에 앉았다. 도시보다 추운 시골집이었다. 이불 속에서 꼭꼭 붙어 앉아 떠오르는 해를 보면서 소원을 빌었다. 서로에게 새해 복 많이 받으라며 인사했다. 큰아이는 8살, 둘째 아이가 5살 되던 해였다.

마당에 떨어져 있는 작은 새 2마리를 발견하고 살리려 애썼던 적도 있었다. 어딘가에 둥지가 있을까 싶어 큰아이와 함께 한참을 찾았지만, 엄마 새는 보이지 않았다. 아이와 나는 그 새들을 살려 보려 애썼다. 집을 뒤져 찾아낸 장난감 주사기에 물을 넣어서 먹이니 한 모금 겨우 먹었다. 모이도 구해서 물에 개여서 먹였다. 아이와 내 마음도 몰라 주고 아가 새들은 이틀 후 하늘나라로 갔다. 우는 아이와 함께 마당에 묻어 주었다. 아이가 직접 치러 준 첫 번째 장례식이었다.

책을 좋아하고 호기심 넘치던 큰아이는 자연 속에서 신나게 뛰어놀면서 정글짐을 오르는 모험심 가득한 아이가 되었고, 도시에서는 몇 시간이고 굴착기를 구경하던 둘째 아이는 개미와 거미를 관찰하는 아이가 되었다. 도시에서 태어나고 자란 나는, 도시로 일하러 나갔다가, 빨리 시골집으로 돌아가기를 고대하는 사람이 되었다.

시골로 삶의 터전을 옮긴 것이 좋은 선택이었는지 아닌지는 모르겠다. 하지만, 시골에서의 하루하루를 보내면서 있었던 일들은 나에게 영화 속 장면처럼 남아 있다. 마당에 독사가 나타나서 백반 가루를 뿌려댔던 일, 집 안에 나타난 지네를 어찌하지 못하다가 막대기로 조심조심 들어서 마당으로 던지고 환호했던 일, 옆집 아저씨가 술을 담그기 위해 떼어 온 말벌 집을 구경하며 흥미진진한 모험담을 듣던 일 등등이 모두 단편영화 감이다. 여기에 환풍기 속에 새가 집을 지은 일까지 추가되었다. 도시에 살았더라면 경험할 수 없었을 사건, 사고들을 떠올리면 슬쩍 웃음 짓게 된다.

이제 사춘기가 된 아이들도 자신만의 단편영화 몇 편씩을 가지고 있을 것이다. 그것이 희극인지, 비극인지, 코미디인지, 액션인지는 엄마인 나는 알 수 없다. 다만 아이들이 세상에 나아갔다가 힘들 때 문득문득 어린 시절에 찍어 둔, 영화 속 장면들을 떠올렸으면 좋겠다. 내가 그런 것처럼. 그때까지 나는 아이들에게 '격려'와 '응원'이라는 먹이를 열심히 날라 줄 것이다. 환풍기 밖으로 날아간 아기 새들처럼 씩씩하게 신나게 넓은 하늘로 날아갈 수 있도록 말이다.

이게 바로 예술이지. 일상을 예술로 만드는 방법 36

감독이 시나리오 쓰고 촬영하듯, 내 하루의 어떤 순간을 흘려보내지 말고 사진으로, 영상으로, 메모로 남겨요. 지나간 시간은 다시 오지 않으니까요.

7

도넛 하나에 담긴 사랑

이숙희

몇 년 전 집 앞 H 마트에서 있었던 일이다. 물건을 담고 계산대로 갔다. 포인트를 적립하려고 휴대전화 뒷자리를 불러 주는데 계산대 직원이 갑자기 얼굴을 올려다보다 보는 것이다.

"본인 이름 맞아요?"
"네, 맞는데 왜요?"
"아니, 나이랑 좀 안 맞는 옛날 이름 같아서."

내 이름은 이숙희다. '아재비 숙(叔), 여자 희(姬)' 내가 태어나던 날 할머니께서 이름 좀 짓는다는 할아버지한테서 돈 좀 주고 지었다는 좋은 이름이란다. 난 내 이름이 싫었다. '왜 세련되고 예쁜 이름으로 지어주지 않으셨을까.' 부모님을 원망하기도 했다. 그런데 아이가 말하기 시작하고 처음으로 내 이름을 불러 주는 순간, 평생 그렇게 싫던

'이숙희'는 전혀 다르게 들렸다. 혹시나 해서 한자의 뜻을 다시 찾아봤다. '숙'자는 젊다는 뜻이, '희'자는 신분이 높은 여자라는 뜻이 있었다. 그래, 누구든 어떤 방법으로 이름을 짓든 아이가 평생 불릴 귀한 이름에 의미를 대충 담을 리가 없었다. '숙희', 생기 넘치고 빛나게 살라고 지어 주신 이름이 맞다.

사실 결혼 전 나는 아이를 그다지 좋아하는 편은 아니었다. 결혼 후에도 아이를 낳지 않거나 낳게 되더라도 100일 정도가 지나면 일을 다시 시작하는 게 당연하다고 생각했었다. 막상 아이를 낳고 보니 생각이 바뀌었다. 나만 보면 '까르르' 웃는 작고 여린 아이를 떼 놓고 일하러 나간다 한들 아무것도 할 수 없을 것 같았다. 일단 일은 나중에 생각하기로 하고 아이와 함께 잘 지내보기로 했다. 끌어안고 비비고 뽀뽀하고 깔깔대며 아이에게 한순간도 눈을 뗄 수 없는 사람처럼, 유난이라는 소리를 들어 가며 온전히 함께했다. 7세가 되어서야 유치원에 보냈는데 그전까지는 어딜 가든 누굴 만나든 꼭 한마디씩은 들었다.

"왜 유치원에 안 보내요? 엄마가 똘똘한 애를 다 망치겠네."
"또래랑 어울려야 사회성도 만들어지지."

걱정인지 악담인지. 보는 사람마다 그냥 지나치는 법이 없었다. 그러거나 말거나 우린 매일 함께 새로운 시간을 만나고 하염없이 사랑하고 있다.

올해 중학생이 된 아이는 지하철을 타고 등하교한다. 얼마 전 하교 시간이 한참이나 지나서야 집에 온 적이 있다. 아직 휴대전화를 사주지 않아 아이가 현관으로 들어서기 전까지는 마음이 놓이지 않는다. 마중을 나가 볼까 해서 집을 나서려는데 현관문 비밀번호 누르는 소리가 들렸다.

"왜 이렇게 늦었어? 걱정했잖아."

"짜잔!" 아이는 손에 들고 있던 도넛 상자와 아이스 아메리카노를 내밀며 환하게 웃었다. 지난번 함께 산에 갔을 때 사람들과 집 앞에 새로 생긴 도넛 가게에 관해 이야기한 적이 있었다. 아이는 내가 그 도넛을 먹고 싶어 한다고 생각했던 것 같다. 연락도 없이 늦으면 안 된다고 야단치려 했던 마음은 온데간데없고, 아이의 모습이 귀여워 나도 모르게 피식 웃음이 나왔다.

문득 나는 아이에게 어떤 엄마로 기억될까 궁금해졌다. 아이에게 좋은 영향을 주고 힘이 되는 엄마가 되고 싶었다. 그런 나의 사심을 담아 얼마 전부터 글공부를 시작했다.

"엄마 이제부터 글을 써 보려고."

"메일 확인해 봐. 도움이 될까 해서 내가 뭘 좀 보냈거든."

아이는 "이숙희 파이팅!"이라는 제목으로 메일을 보냈다. '글을 잘 쓰는 10가지 방법', '글쓰기란 무엇인가' 등 글을 잘 쓰는 법에 관한 내용이 모아져 있었다. 아이가 준 소소한 이벤트 덕분에 고맙고 행복한 마음이 들었다.

아이가 커가면서 어릴 때처럼 마냥 좋고 예쁠 때만 있는 건 아니다. 전보다 의견 대립도 많아졌다. 내 걱정도 함께 커졌다. 아직 내 눈에는 아이처럼 보이지만, 종종 아이는 다 큰 것처럼 행동할 때가 있다. 이것 하지 마라, 저것 하지 마라, 하지 않았으면 하는 행동이 늘 때마다 조바심이 날 때가 있다. 이러다 아이와 거리가 멀어지지는 않을까, 사이가 나빠지지는 않을까, 어릴 때는 안 그러더니 컸다고 내 말을 안 듣지는 않을까, 나쁜 친구들과 어울리지는 않을까. 덩달아 잔소리도 늘었다. 하지만 나는 우리가 함께 쌓아온 그 시간을 믿는다.

"신이 있다면, 신은 우리에게 잠시 온 영혼을 고갈시키듯이 사랑하라고 아이가 있는 한 시절을 주는 것 같다. 한 번 사는 인생, 그렇게 사랑할 시절을 가지라고."

－[밀레니얼 시각] 그럼에도 육아, 정자우, 매일경제, 223.5.5. (https://www.mk.co.kr/news/contributors/10729380)

아이는 점점 커갈 것이고 커가는 만큼 조금씩 멀어질 것이다. 하지만 아이로 인해 영혼을 고갈시키듯 온 마음을 다해 사랑하는 법을 배웠고, 그로 인해 내 평범한 일상은 반짝거린다. 그거면 충분하다.

이게 바로 예술이지. 일상을 예술로 만드는 방법 37

아이가 우리에게 존재 자체로 힘이 되는 것처럼, 우리도 아이에게 존재 자체로 힘이 되는 사람이 되어주면 어떨까요? 오늘 하루만이라도 걱정과 잔소리 대신 달콤한 도넛을 나눠 먹으며 '오늘은 어떤 하루였는지?', '즐거운 일이 있었는지?' 아이의 이야기를 먼저 들어 보세요.

8

내 이름은, 푸른하늘

✳

이윤미

　엄마가 돌아가시고 마음이 힘들었다. 울컥하는 마음에 많이 울었다. 마음을 다잡아 보지만 쉽지 않았다. 어느 날 카페에서 친구와 커피를 마셨다.

　"윤미야, 네 마음을 글로 써 보는 건 어때? 마음 정리하는 데 도움이 될 것 같은데."

　글쓰기와 책 읽기를 좋아하는 친구가 블로그 쓰기와 독서 모임에 참여해 보라고 권유했다. 학생 때 이후로 글을 써 본 적 없는 나는 흘려들었다.

　성격 급한 친구는 카페에서 바로 블로그를 만들었다. 사용법도 알려주었다. 하지만 집에 와 혼자 해보니 잘되지 않았다. 그래도 우여곡절 끝에 글 한 개 올렸다. 그 모습을 남편이 보고 있었다. 다음날 퇴근하

고 들어온 남편이 교보문고 종이 가방을 나에게 건네주었다. 뭐냐고
물어봤다.

"책이야, 꺼내 봐."
"웬 책?"

종이 가방에서 책을 꺼냈다. 『파워블로거 핑크팬더의 블로그 글쓰
기』와 에세이 두 권이 들어있었다. 서점에 갔다가 끙끙대며 글 쓰던
내 모습이 생각나서 샀다고 한다. 책을 사다 준 이야기를 블로그에 올
렸다. 블로그 글을 본 친구들은 남편을 '섬세남'이라 부른다. 남편도
그 별명을 맘에 들어 하는 눈치다. 블로그에 글을 올리기가 쉽지만은
않았다. 아이들 방에 컴퓨터가 있었지만 내 것이 아니라 불편했다. 그
래서 작은 핸드폰으로 글을 썼다. 엄마를 떠나보내고 마음 잡지 못하
던 내가, 글을 쓰며 집중하는 모습이 좋아 보였나 보다. 남편이 갑자
기 노트북을 사 주겠다고 한다. 필요 없다고 했지만, 작은 핸드폰으로
쓰는 것보다는 나을 거라며 딱 글쓰기 용도로만 쓸 수 있는 저렴한 노
트북을 주문해 주었다. 드디어 노트북이 들어있는 택배가 도착했다.
나도 나만의 노트북이 생겼다. 아날로그 감성인 나는 공책에 글을 쓰
는 게 키보드 치는 것보다 더 익숙했다. 처음엔 한 줄 쓰는 것도 힘들
었다. 글을 어떻게 써야 하는지도 막막한데, 독수리 타법으로 키보드

자판을 치다 보니 글을 쓰는 시간이 길어졌다. 잘 쓰지 못해도 매일 글을 올려야지 마음먹었다. 하지만 내가 왜 한다고 말했을까 후회도 했다. 시작하고 한 달 정도는 꾸역꾸역 쓰던 날들이 많았다. 이제는 제법 자판이 익숙해졌다. 남편이 사다 준 책은 조금 도움이 되긴 했지만, 이 버튼 저 버튼 클릭해 보고 몸으로 배운 실전이 최고였다. 매일 쓰다 보니 100개가 넘는 글이 쌓였다.

남편이 낚시로 고등어를 많이 잡아 왔다. 이웃들에게 고등어를 나눠 준 이야기를 블로그에 올렸다. 남편은 보트를 타고 바다로 나가 낚시를 하는 게 취미다. 바다를 달리다 보면 가슴이 뻥 뚫리고 스트레스가 해소된다고 한다. 그래서 보트 이름도 '달리고 호'다. 비싼 보트를 산다고 했을 때 많이 싸웠다. 차도 아니고 보트를. 25년 넘게 열심히 직장 생활을 했으니, 남편도 자기가 좋아하는 무언가를 하는 게 정신 건강에도 좋을 것 같아 결국 보트 사는 것을 허락했다. 올여름에는 모터보트를 타고 국내 최초로 대마도를 다녀오기도 했다. 내 남편이지만 추진력 하나는 끝내준다. 날씨가 추워지기 전까지 매주 바다에 나가 주꾸미, 문어, 대구, 고등어를 많이 잡아 왔다. 생선을 먹지 못하는 나는 남편이 잡아 온 생선을 지인들에게 나눠줬다. 마침 그날 우리 집에서 독서 모임을 했다. 친구들은 거실에서 책 이야기를 하고 있었고, 비린내가 싫어 먹지도 못하는 나는 KF94 마스크를 쓰고 니트릴 장갑을 끼고 마당에 나갔다. 김장비닐을 깔고 수돗가에 고등어를 쏟아부었더니 삼십 마리도 넘는 것 같았다. 고등어를 본 순간 입이 딱 벌어졌다. 독서 모임 친구들에게 크고 싱싱한 고등어를 나눠 주기 위해 덤덤한 척하며 검은 비닐봉지에 세 마리씩 담아 주었다. 그래도 남아 있는 고등어는 이웃에게 전화해 가져가라고 했다. 고등어를 가져간 친구들한테 톡이 왔다. 너무 싱싱해서 비린내도 없어 맛있게 먹었다고, 엄청 실한 고등어 잘 먹었다고, 고등어 부자가 된 것 같다며 인증사진을 보내주었다. 맛있게 먹었다니 나 또한 기분이 좋았다. 블로그에 글을 쓰라고 권유해 준 친구는 사진과 함께 올린 것을 칭찬했다.

또 한번은 딸의 공연 이야기를 동영상과 함께 블로그에 올렸다.

취미로 배우던 기타를 전문적으로 배우기 시작한 학원에서 정기 공연이 있는 날이었다. 딸은 처음으로 공연에 참여했다. 비가 억수로 내린 날 비를 뚫고 홍대에 갔다. 연주자는 공연하기 위해 2층에 있었고 나는 1층에 자리 잡고 앉았는데 딸에게 톡이 왔다.

'엄마 저 너무 떨리고 긴장돼요. 청심환이라도 먹고 올 걸 그랬나 봐요.'

나는 심호흡 크게 하고 그동안 연습한 대로 하면 잘될 거라는 응원밖에 해 줄 게 없었다.

드디어 딸 소현이의 순서다. 내 가슴도 콩닥콩닥 뛰었다. 무대에 올라 기타를 점검하고 음악에 맞춰 연주를 시작했다. 조금 전까지 긴장되고 떨린다더니 공연을 즐기며 연주하기 시작했다.

'와~ 저런 대담함은 누굴 닮은 거지?' 리듬을 타며 연주하는 얼굴에서 긴장한 모습은 보이지 않고 미소를 띠고 있었다. 저렇게 행복해하는 표정은 언제 봤던지. 행복한 모습에 나도 덩달아 행복해졌다. 관객들의 호응을 즐기며 연주를 마친 딸이 대견하다고 글을 썼다. 이 글을 읽은 블로그 이웃이 시간이 꽤 지나 비밀댓글을 달아 주었다. '청소년 소설을 쓰는데 이 글을 읽고 힌트 얻었어요. 꿈에 관한 이야기예요. 소현이가 기타 배우고 홍대에서 공연한 거 제 소설에 남자아이 수혁이로 나옵니다.' 별거 아닌 나의 일상 기록이 누군가에게 영향을 미칠수 있다는 게 신기했다.

블로그에 글을 쓰면서 평범한 일상을 자세히 들여다보게 되었다. 마음에 담아두었던 이야기를 꺼내며 내면의 상처를 치유받았다. 지나간 시간에도 소중한 추억이 많았을 텐데. 엄마와의 시간도. 오늘도 나는 블로그에 글을 쓴다. 내 옆에 있는 사랑하는 사람들과의 이야기들을. 쌓인 글을 읽으니 빛나는 순간이 보였다. 블로그 시작하길 잘했다. 친구야! 고맙다.

무엇이든 시작하는 것에는 두려움과 걱정이 앞선다. 블로그도 그랬다. 시작하고도 이것을 꼭 해야만 하는 건지 의문도 들었다. '누가 내 글을 읽어 줄까?' 나의 평범한 이야기를. 글은 썼지만 '등록' 버튼을 누르는 게 망설여졌다. 용기를 내어 버튼을 눌렀다. 내 부족한 글에도 하트를 눌러주는 블로그 이웃이 있었다. 매번 나의 글에 공감의 하트를 눌러 준 '푸른하늘그리고' 님은 나의 남편이었다. 말없이 응원해 주고 있었다. "언니, 오늘은 왜 안 써?" 글이 안 올라오면 동생이 연락한다. 내가 블로그를 멈추지 않는 이유다.

밤낚시 간 남편에게 톡이 왔다. 고요하게 빛나는 밤바다 사진이다. 영화의 한 장면 같다. 블로그에 공개했더니 사진에 감탄하는 댓글이 주르륵 달렸다. 밤이고 새벽이고 낚시라면 무조건 떠나는 게 못마땅했었는데. 남편은 이미 알고 있었나 보다. 일상을 빛나게 하는 순간도 내가 만들어 가야 한다는 것을.

이게 바로 예술이지. 일상을 예술로 만드는 방법 38

오늘 하루 어떤 일을 경험했나요? 작은 메모, 수첩, 카톡, 블로그, 인스타. 사진과 함께 세 줄 기록을 시작해 보세요. 내 글에 공감해 준 이웃들에게 따뜻한 댓글로 마음을 전해 보는 것도 잊지 마세요.

9

북유럽, 호수, 한낮의 맥주

✴

정가주

아침 8시 30분, 서둘러 집을 나왔다. 한 달 전부터 약속 잡아놓은 날이었다. 월요일이라 도로는 막히고 복잡했지만, 라테 한 잔 마시며 버스에 앉아 창밖을 바라보는 시간이 좋았다. '유유자적 미술관' 북클럽 친구들과 함께 삼성역 마이아트 뮤지엄에서 전시를 보기로 했다. 전시 제목은 '새벽부터 황혼까지: 스웨덴 국립 미술관 컬렉션'. 책으로만 봤던 북유럽 그림을 볼 수 있다니! 아직 유럽 근처에도 가 보지 못한 나는 그림으로만 북유럽의 감성을 느끼고 상상했던 터였다. 월요일이라 그런지 미술관이 한적했다. 여섯 명 모두 도착한 후 안으로 들어가 그림을 감상했다. 스웨덴 국민 화가 칼 라르손을 포함하여 한나 파울리, 앤더스 소른, 유젠 얀손, 요한 프레 등 스웨덴, 덴마크, 노르웨이를 대표하는 예술가들의 75점의 명작이 전시되어 있었다. 눈에 익은 작품들이 나오면 괜히 반가워 사진을 찍고서는 한참을 그림 앞에 서 있었다. 노르웨이 피오르를 담은 사진 같은 그림 앞에선 '피오르야, 피오르!' 하며 옆 친구에게 연신 말을 걸었다. 얼마 전 '엄마의 인문학 살롱'에서 읽은 노르웨이 작가 욘 포세의 소설 『아침 그리고 저녁』의 배경이 피오르였기 때문이다. 책에서 주인공은 해안에서 고기를 잡고, 친구를 만나 이야기하고, 커피를 마시며 매일 비슷한 일상을 산다. 그림에서 본 피오르는 책에서 내가 느꼈던 고요하고 한적한 마을의 이미지와 닮아 있었다. 해가 저물 무렵 소설 속의 주인공들이 왠지 그림 한 편에 등장할 것만 같았다.

많은 작품 중에서도 특히 내 마음을 끈 것은 식탁이 있는 그림이었다. 정갈하게 차려진 아침의 테이블부터 혼자만의 느긋한 커피 테이블, 다른 사람들과의 식사 테이블까지. 테이블 위에 놓인 잔과 그릇과 은촛대에 마음을 빼앗겨 반짝거리는 그림을 오래 들여다봤다. 민트색 장식장에 가지런히 놓인 다양한 색깔의 도자기와 커피잔, 커다란 통창으로 들어오는 햇살을 받으며 차를 마시고 신문을 읽는 여인의 풍성한 드레스도 아름다웠다. 은촛대에 꽂힌 나는 어릴 적 소꿉놀이할 때 예쁘게 세팅해 놓은 촛대와 잔과 그릇을 떠올렸다. 그릇 욕심도 없고, 커피도 예쁜 잔보다는 투박한 머그잔에 담아 마시는 나에게 북유럽 사람들의 테이블은 감각적이고 아름다웠다. 아침을 준비하고, 신문을 보고, 엄마와 아가가 함께 빛나는 햇살 아래에서 웃고 산책하는 그림들은 소박한 나의 하루 또는 우리의 일상을 잔잔히 보여주고 있었다.

전시를 보고 우리는 아트숍에 들러 기념품을 하나씩 샀다. 마음에 드는 그림 포스터와 메모지, 칼 라르손의 책, 그리고 마지막까지 갈등했던 쟁반까지!(포스터냐 쟁반이냐를 놓고 한참 갈등했다.) 커피를 마시며 좋은 그림 전시회 많이 보러 다니자고 말했다. 아이들이 좀 더 큰다면 꼭 유럽 미술관 투어도 하자고.

유럽 미술관 투어는 내 위시리스트 중 하나이다. 프랑스 남부 아를에서 고흐의 그림도 보고 싶고, 노르웨이에 가서 뭉크의 흔적도 찾고 싶다. 루브르, 오르세 미술관에 가서 몇 날 며칠 그림 앞에 서서 감상하고 싶다. 책에서만 본 그림을 직접 만나는 기쁨을 꿈꾸며 함께 미술책을 꾸준히 읽고 감상한다. '유유자적 미술관' 북클럽은 4년째 계속 이어지고 있는 모임이다. 미술책이 좋은데 혼자 읽기는 부담스럽고, 읽다 포기할 때가 많아 블로그에 공지를 올렸다. 한 달에 한 권 함께 읽자고. 첫 번째 책은 조원재 작가의 『방구석 미술관』이었다. 그림 감상하고 싶었던 엄마들이 참여했고 현재 열아홉 번째 책 『뭉크』를 읽고 있다. 코로나 시기엔 톡 모임으로만 이어가다가 지금은 전시와 연관된 책을 읽고 함께 그림을 감상한다. 마음에 드는 그림을 발견하고 이 그림이 왜 좋은지 함께 나누는 시간을 보내고 있다. 북클럽 이름처럼 유유자적하게. 누구도 빨리 읽어야 한다고 재촉하지 않는다. 끝까지 못 읽더라도 내 마음에 드는 그림 한 점 발견하면 된다.

북클럽 문의를 하는 사람들은 한결같이 이렇게 말한다.

"아무것도 몰라요. 그림은." 그럼 나도 이렇게 말한다.

"저도요. 그런데 그냥 즐기는 거죠. 많이 보다 보면 더 좋아져요!"

북유럽 그림을 감상하고 집으로 돌아오는 길, 잠실역에 내려 버스를 타려다가 석촌 호수 쪽으로 발길을 돌렸다. 바람은 선선하고, 햇볕은 적당하고, 길가에 심어 놓은 색색의 튤립까지 알록달록하게 어우러진, 4월의 봄날을 만끽하기 좋은 날이었다. 호수 길을 따라 걷다가 야외 테라스가 있는 카페에 삼삼오오 사람들이 앉아 있는 걸 봤다. 커다란 맥주잔에 거품 가득한 맥주를 마시는 모습을 보고 갑자기 들뜨기 시작했다.

"저기까지만 걷다 돌아와서 맥주 한잔 하고 가자!"

누가 먼저라고 할 것도 없이 자연스럽게 잠깐의 산책을 마치고 카페에 앉았다. 호수와 푸른 나뭇잎이 바람에 살랑거렸다. 월요일 낮술이라니! 미술관에서 산 쟁반을 꺼내 맥주와 세팅했다. 잔을 부딪쳐 "건배!"를 외치며 호수를 바라봤다. 우리의 모습이 그림 속 주인공들과 닮아 있었다.

미술관 가려고 들뜬 마음으로 준비하는 아침 시간, 기대를 품고 달리는 드라이브 길, 미술관에서 만난 풍경과 마음을 울리는 작품들 그리고 좋은 친구들과 맛있는 커피 타임과 이야기. 미술은 먼 곳에 있는 게 아니라 우리 가까이에 있다. 어렵다고 멀리 두는 게 아니라 가까이에 두고 자주 발견하면 된다. 내 곁에 있는 아름다움을 발견하려면 내 삶의 주인공이 되어야 한다. 주인공으로 살아야 내가 좋아하는 것에 더 마음을 주고 탐구하고 싶은 생각이 든다. 얼마 전 다녀왔던 예술의 전당 '에드바르 뭉크전'에서 뭉크가 한 말에 오래 머물렀다.

"나는 숨 쉬고, 느끼고, 고통받고, 사랑하는, 살아 있는 인간을 그릴 것이다."

내가 직접 보고 느끼고 고통받은, 내가 경험한 일상들만 그림의 소재로 쓴 뭉크. 사소해 보이는 내 이야기에 의미를 부여하고, 아끼고 사랑하는 마음으로 일상을 산다. 미술관에 걸린 그림 한 점에서도, 친구들과 함께 마시는 한낮의 맥주 한잔에서도, 바람에 일렁이는 초록 나뭇잎에서도 아름다움은 있다.

반짝 빛나는 우리 일상이 예술이다.

이게 바로 예술이지. 일상을 예술로 만드는 방법 39

좋은 날, 좋은 사람들과 한낮의 맥주 어때요? 그림 같은 풍경을 바라보면서 도란도란 이야기 나누는 시간을 가져 보세요. 북유럽 화가들이 그린 그림 속 주인공들처럼!

10

안개 바다 위의 방랑자

✳

최은정

올 6월 초, 홋카이도로 가족 여행을 다녀왔다. 무더위에 푹푹 찌는 한국의 7~8월, 한여름에 홋카이도는 19도에서 26도 사이의 선선한 날씨를 유지하기 때문에 겨울만큼이나 여름 여행지로도 사랑받는 곳이다. 성수기인 7월이나 8월에 가면 더 좋은 날씨에 아름다운 풍경을 볼 수 있겠지만 항공기 가격이 6월 초의 2배이다. 주변에 여름 홋카이도를 다녀온 사람들은 후라노 팜 토미타의 라벤더밭이 6월 말부터 가득하기 때문에 6월 초에는 라벤더를 볼 수 없을 거라고 말했다. 그러나 우리의 목적지는 홋카이도 오른쪽 끝에 있는 아사히카와의 대설산이었다. 아이들과 대설 산 하이킹하기에는 6월 초가 제일 좋은 시기라는 것을 알게 되어 그때로 여행 날짜를 정하였다.

"홋카이도에서 가고 싶은 곳 있어?"
남편이 물었다.

"제일 가고 싶은 곳은 오타루. 삿포로는 당연히 들려야겠고. 음. 그리고 하코다테."

"하코다테? 아, 그러면 동선이 잘 안 나오겠는데. 대설 산이 있는 아사히카와가 오른쪽 끝에 있어서. 그곳 자연이 그렇게 멋있다 하더라고."

사실 나이가 들수록 도시 여행을 좋아하게 된 나는 우리 동네도 자연으로 둘러싸여 맨날 보는 게 자연인데 여행 가서 무슨 또 다른 자연환경을 보고 싶냐고 핀잔을 주었다. 하지만 홋카이도 여행 넷째 날 아침, 우리는 이번 여행의 베이스캠프인 아사히카와 숙소에서 눈을 떴다. 하코다테를 포기한 것이다. 창문을 열어 날씨부터 살폈다. 오늘은 홋카이도에 온 우리의 목적인 대설 산을 가는 날이다. 다행히 구름 한 점 없이 맑은 하늘이 우리를 반겨 주었다. 남편은 든든하게 등산복을 챙겨 입었고 그때까지도 좀 시큰둥했던 나는 얇은 티 위에 두꺼운 맨투맨 티를 겹쳐 입었다. 그리고 아이들 경량 패딩 조끼를 챙겨 가방에 넣고 물과 어제 편의점에서 산 바삭거리고 짭조름한 스낵을 간식으로 챙겼다. 운동화 끈을 단단히 묶고 밖으로 나와 걸어서 1분 거리의 편의점에서 아침을 해결하고 차에 올랐다. 양옆에 푸른 밭을 끼고 1시간쯤 달렸을 때 우리는 대설 산이 있는 다이세츠 국립 공원 근처에 다다랐다. 고개를 들어 위를 보니 하얀 안개구름이 펼쳐져 있었다. 남편은 정상에 올랐을 때쯤이면 안개가 걷히면 좋겠다고 했다. 꼭 와보고 싶었던 곳이었으니 맑은 하늘 아래 대설 산 풍경을 만끽하고 싶어 했다. 다이세츠 국립 공원 입구에서 아사히다케 로프웨이까지 가는 길에는 온천 마을이 쭉 이어져 있었고 나는 하이킹을 마치고 들릴 온천을 검색했다.

아사히다케 로프웨이 주차장에 주차하고 아이들에게 경량 패딩 조끼를 입고 내리라고 말했다. 차 밖으로 내리자마자 얼굴에 찬 기운이 스쳤다. 표를 끊으러 2층으로 올라갔다. 성인은 2,900엔 아이들은 1,400엔이었고 우리는 5분 뒤 출발하는 로프웨이를 탔다. 로프웨이를 타고 올라가면서부터 감탄하는 남편과 다르게 고소 공포증이 있는 나는 주변을 살펴보지도 못했다. '제발 무사히 빨리만 올라가다오.'를 마음속으로 외치며 가방 속에 넣어온 일본 과자를 씹어 먹었다. 아이들은 올라가는 중간중간 보이는 눈들을 신기하게 바라보고 있었다. 7분에서 8분 정도 걸려 정상에 도착하였고 내리자마자 하나도 알아듣지 못하는 일본어로 하이킹 코스 설명을 들었다. 설명은 알아듣지 못했지만, 나눠 주신 지도를 보니 가장 일반적인 1시간 30분짜리 코스를 돌면 되겠다는 것을 알게 되었다. 사무실 밖으로 나오니 하얀 눈이 펼쳐졌고 현재 온도 9도를 가리키는 온도계 앞에서 우리는 첫 기념사진을 찍었다. 하늘은 안개로 가득 찼지만, 우리 눈앞에 보이는 모든 풍경은 선명하게 잘 보였다. 첫 시작점부터 쌓여 있는 눈을 보니 아이들은 신이 났다. 아직도 겨울왕국을 너무 사랑하는 6학년, 4학년 언니들은 ⟨Let it go⟩를 부르며 손으로 눈을 흩뿌리며 천천히 걸어갔다. 그제야 나는 뒤를 돌아 로프웨이를 타고 올라온 아래를 내려다볼 수 있었다. 앞에는 하얀 눈이 쌓여 있고 뒤를 돌아 아래를 보면 푸릇푸릇한 다이세츠 국립 공원이 펼쳐져 있었다.

"엄마, 꽃사슴이랑 붉은 여우 그리고 토끼도 꼭 볼 수 있으면 좋겠다."

지도를 보며 걷던 2호가 말을 했다.

"눈이 생각보다 많이 있어서 동물을 보기는 힘들 것 같지만 그중 한 마리는 볼 수 있지 않을까? 잘 살피며 걸어가 보자."

걷는 중간중간 눈 사이로 빼꼼 고개를 든 이제 막 싹을 틔우는 새싹과 꽃봉오리들도 볼 수 있었다. 30분쯤 걸었을 때 양쪽에 깊은 구덩이가 있는 곳에 다다랐다. 다가가 자세히 보니 그곳은 분화구 연못이었다. 분화구 연못의 절반은 눈으로 쌓여 있었다. 남편은 안개구름이 걷히고 파란 하늘이 연못에 비쳤으면 정말 멋졌겠다고 아쉬워했다. 그러나 하늘에 가득 찬 안개, 그리고 바위에 둘러싸인 분화구 연못은 흔하게 보기 힘든 가슴 벅찬 장면이었다. 아이들은 이 연못에 빠지면 과연 빠져나올 수 있겠느냐는 엉뚱한 상상 이야기를 하다가 연못 앞에서 기념사진을 찍어 달라고 요청했다. 아이들을 찍은 사진이 잘 나왔는지 확인하는데 순간 프리드리히의 ⟨안개 바다 위의 방랑자⟩ 그림이 오버랩되었다. 하늘 가득한 안개. 그리고 양옆의 분화구 연못은 그림

속 안개 바다와 닮아 있었다. 4년 동안 꾸준히 미술책 북클럽을 통해 그림을 보아온 나의 일상이 빛나는 순간이었다. 혼자 감탄하다 고개를 들어보니 남편과 아이들은 한참을 앞서서 걷고 있었다. 다행히 올라가는 하이킹 코스는 어려운 구간은 없었다. 50분쯤 걸었을 때 우리는 정상이라 할 수 있는 유황 분출구 앞에 도달했다. 솟아오르는 연기 앞에는 중국인 관광객들이 가득했고 사진을 찍기 위한 줄이 길게 늘어져 있었다. 우리 차례가 되어 셀카봉으로 가족사진을 찍으려고 할 때 중국인 여자분께서 본인이 사진 찍어 주겠다고 했다. 사진에 진심이었던 그분은 '치이즈'를 30번 정도를 외치며 여러 각도로 우리 가족을 찍어 주셨다. 중간에 그 모습이 너무 웃겨서 우리 가족은 다 같이 빵 터졌던 순간이 있었는데 그 타이밍이 사진에 고스란히 담겨서 그곳에서 우리는 인생 가족사진을 남길 수 있었다.

4년 전쯤 나는 미술책 북클럽 모임을 시작하였다. 육아와 살림 그리고 일을 하면서 매달 정해진 책을 읽고 단상을 나누는 게 쉽지는 않았다. 어떤 달은 책만 사 놓고 거의 읽지를 못했던 달도 있었고 또 어떤 달은 단상이랄 것도 없이 눈으로 책만 쭉 읽어가기에 급급한 달도 있었다. 혼자가 아닌 멤버들과 함께했기에 가능했던 4년이었다. 그 시간에 걸쳐 쌓여 온 명화 그림들은 어느 날부터 내 일상에 들어와 반짝거리기 시작했다. 이번 대설 산의 감동 또한 마찬가지였다. 혼자 하는 여행이었다면 나는 대설 산에서 〈안개 바다 위의 방랑자〉를 만나지 못했을 것이다. 처음엔 툴툴거리고 마지못해서 따라왔지만, 남편의 제안을 받아들였기에 가능한 감동이었다. 혼자보다는 함께할 때, 새로운 것을 시도할 때 일상은 더 풍요로워진다.

이게 바로 예술이지. 일상을 예술로 만드는 방법 40

나의 최애 여행지는 어디인가요? 여행의 기억에 오감이 더해질 때 추억은 더 생생해집니다. 여행지에서 들었던 음악 또는 어울리는 그림 한 점을 찾아 보세요.

에필로그

✳

김인혜

가을은 바람과 함께 온다. 뜨겁게 작열했던 여름의 태양은 가을바람에 서서히 자리를 내주고 있다. 아침저녁으로 부는 선선한 바람에 기분이 좋아진다. 멀리서 보고 나무에 꽃이 핀 줄 알았는데 성격 급한 잎사귀 몇몇은 벌써 제 몸을 빨갛게 물들였다. 올여름은 유독 무덥고 길게 느껴져서 빨리 가을이 오기를 바랐는데도 왠지 나는 어쩔 줄 모른다. 아직 여름이 끝나지 않았는데도 벌써 여름이 그리워지는 이 마음은 뭘까. 늦여름과 초가을이 교차하는 이 짧은 시기를 맘껏 즐기고 누려야겠다는 조바심도 생긴다. 계절의 변화 앞에서 마냥 기쁘지 않은 것은 가을이 오며 자연스레 사라지는 것들, 그래서 더 소중하고 아름다운 것들에 대한 향수 탓인지도 모르겠다.

2024년의 여름을 가장 만끽했던 순간은 휴가로 놀러 갔던 바닷가가 아니라 우리 집에서였다. 이사한 지 얼마 안 되어 집들이 겸 독서 모임을 집에서 하기로 했다. 하나둘씩 도착한 회원들의 손엔 여러 권의 책들과 각자의 집들이 선물이 한 아름 들려 있었다. 라벤더 향 손 세정제, 아침에 만들어 온 감자샐러드 샌드위치, 백설기 떡, 고흐의 그림 속에서 보던 노란 해바라기까지, 책과 선물들로 우리 집 식탁은 어느새 근사한 모임 장소가 되었다. 7월의 책은 그림책 작가 이수지의 『만질 수 있는 생각』이었다. 그림책을 만들 때의 영감과 육아를 병행하며 작업했던 경험이 담겨 있는 산문집이다. 우리는 책에 소개된 작가의 그림책들도 가득 챙겨 와서 같이 보았다. 그 중의 하이라이트는 글 없는 그림책 『여름이 온다』를 볼 때였다. 아이들의 물놀이로 시작되는 『여름이 온다』를 한 장 한 장 넘기며 비발디의 사계 중 '여름' 3악장을 베르사유궁전 왕립 오페라 오케스트라 버전으로 함께 들었다. 그림책과 음악이 만나 한여름 폭풍 같은 강렬한 화학작용을 일으켰고 우리는 어느새 완전히 몰입했다. 책의 마지막 장과 오케스트라의 연주가 동시에 끝났을 땐 우리는 누가 먼저랄 것도 없이 손뼉 치며 환호했다. 마치 작은 음악회의 관객이 된 것 같았다. 어떤 미술 전시회도 어떤 음악회도 부럽지 않았다.

7월의 오전 10시, 아이들을 학교에 보낸 엄마들이 집에서 모여 예술과 예술이 만나는 순간을 함께 만들어내고 즐겼다. 며칠 뒤 장마가 시작되었다. 주륵주륵 내리는 여름비는 비발디의 여름 선율 같았고, 그림책 속의 죽죽 자로 그어진 빗줄기선 같았다. 올여름 내내 그렇게 비가 내렸다.

그날의 감동을 잊을 수 없어서 9월 초 국립현대미술관에서 열린 이수지 작가의 북토크에도 참석하였다. 이번에는 음악 볼레로에서 영감을 받은 『춤을 추었어』란 책과 함께였다. 북토크가 끝나고 질문 시간이 주어졌을 때 한 분이 자신이 독서 모임에서 『만질 수 있는 생각』을 읽었다며 질문했다. '앗, 우리도 독서 모임에서 그 책 읽었는데!' 동질감을 느끼며 그분을 유심히 바라보았다. 머리가 희끗희끗하신 60대 ~70대 정도의 단정한 여성분. 나는 곧바로 그분을 마음속 선배님으로 정했다. 나는 10년, 20년 후에도 저분처럼 계속 독서 모임하고 선착순 30명 북토크 신청하고 미술관에 갈 수 있을까? 스스로에게 물어보며 다짐했다. '언제나 예술 앞에서 설레고 감동받을 거야. 섬세한 감성은 나이 들수록 더 깊어질 거야. 무뎌지지 않을 거야.'

9월 독서 모임의 책은 이디스 워튼의 『순수의 시대』이다. 소설을 원작으로 한 1993년 작 동명의 영화도 함께 보기로 했다. 영화를 볼 장소를 물색하다가 동네의 청년창업센터를 알아보았다. 청년만 이용할 수 있다는 소문에 가 볼 엄두도 안 내던 곳인데, 막상 알아보니 누구나 이용할 수 있었다.(청년 우대이긴 했다.) 빔프로젝터도 사용할 수 있고, 넓은 창과 큰 테이블이 있는 공간의 이름은 '공유 작업실'이다. 이름부터 마음에 쏙 들었다. 예약 버튼을 누르니 신청서 양식에 나이를 적는 칸이 있었다. 나는 살짝 움츠러들었다가 이내 곧 '만 43세'라고 당당하게 적었다. 단체 모임 이름도 당당히 적었다. '엄마의 인문학 살롱'. 그 공유 작업실에서 우리는 영화를 보고 토론을 할 것이다. 이디스 워튼은 당대의 용감한 여성 소설가였다. 아직 읽지 않았지만 『순수의 시대』의 주인공 엘렌도 용감한 여성이라고 한다. 이 책을 9월의 책으로 주저 없이 선택한 이유다.

어쩌면 예술이란 우리가 우리의 삶을 스스로 직조하는 기술일 것이다. 나에게 주어진 시간을 어떻게 보낼 것인지, 내가 머무는 공간을 어떻게 만들 것인지, 사람과 생명, 사물들과 어떠한 관계를 맺을 것인지에 대한 나만의 방법 말이다. 나는 내 삶의 음악가가 될 수도, 미술가가 될 수도, 내 삶의 작가가 될 수도 있다. 이 책에 실린 40편의 글들은 각자 자기 삶의 주인공이 되고 예술가가 되기 위해 용기 내어 도전하고 노력한 이야기들이다. 보잘것없고 아무것도 없다고 생각했던 평범한 일상을 나만의 색깔로 칠해 나가려 했던 색연필 자국, 물감 자국이다. 그 흔적들은 완성형일 필요가 없다. 진행형이어서 더 아름답다고 말한다면 너무 관대한 일일까. 색연필이든 파스텔이든 붓이든 일단 한 손에 쥐고서, 많이 보고 듣고 느끼고 경험했으면 좋겠다. 그 경험들이 어느새 징검다리가 되어 나를 새로운 시간으로, 새로운 장소로 인도할 것이다. 그리고 그곳에서 나만의 고유한 이야기가 펼쳐질 것이다. 예술은 나의 이야기를 찾아가는 기회이자 수단이고, 그 결과이다.

봄, 여름, 가을, 겨울을 대하는 태도를 예술 속에서 배운다. 삶의 사계절도 덕분에 잘 보낼 수 있을 것 같다. 가을이 오고 있다. 그렇지만 예술로 잡아 둔 우리의 일상은 언제나 찬란한 여름일 것이다.

마치는 글

✷ **김민경**

가정을 돌보는 주부의 일상에서 글쓰기는 낯선 단어였다. 문예창작과를 전공한이나, 작가가 되기 위해 열심히 공부하는 누군가의 일이라고 생각했다. 블로그에 단순하게 기록하던 일상이 점점 늘어 어느새 '쓰는 사람'이 되었다. 혼자 쓰던 소소한 이야기가 모두 '글'이 된다는 것, 누구라도 글쓰기와 가까워질 수 있다는 것을 알았다. 일상 기록을 넘어 '책 쓰기'를 준비하며 처음으로 마감과 퇴고, 그리고 독자를 생각하는 마음을 경험했다. 새로운 '글쓰기'의 세계가 열린 것이다. 바로 '일상이 예술이 되는 순간'이다.

✷ **김은주**

아픔을 치유하기 위해 시작한 글쓰기였다. 나와 비슷한 상황의 사람들에게 내가 어떻게 극복하고 있는지를 보여 주고 싶었기 때문이다. 당신 앞을 가로막은 문이 있다면 또 다른 창문이 보일 것이다. 그것을 찾아내는 길이 물론 쉽지 않았다. 그래도 나 같은 사람도 해냈으니, 당신도 할 수 있다는 말을 전해 주고 싶었다. 삶을 두려워하지 말고 스스로 좋아하는 것을 찾아서 세상으로 나가 보자. 세상에 대한 호기심만으로도 충분히 행복해질 수 있음을 잊지 말자. 당신의 새로운 도전을 응원한다.

✳ **김인혜**

저에게 함께 책을 쓰자고 말해준 분께 감사하다는 말을 전하고 싶어요. 첫 한 걸음 내딛기가 참 어려웠는데, 시작하고 나니 걷게 되었습니다. 느리고 서툰 걸음이었지만 글로 남은 발자취는 새로 발견한 즐거움이에요. 사소하지만 마음에 남는 인상들, 스쳐 지나갈 뻔했던 풍경과 만남을 간직할 수 있게 되어 감사합니다. 일상이 예술이 되는 순간을 모아 글로 담으려 했던 과정 그 자체도 예술에 가까운 것이라 믿습니다. 저의 작은 글들이 누군가에게 가 닿아 또 다른 물결로 퍼져 나갈 수 있기를 바라봅니다.

✳ **류제영**

어쩌다 독립이라는 걸 하게 되었어요. 혼자 살아도 할 일이 왜 이렇게 많은 걸까요? 아름다운 삶을 위해 만들어야 할 습관을 다 끝내기엔 하루가 너무 짧게 느껴집니다. 살면서 글쓰기는 제게 끝내지 못한 숙제 같은 것이었어요. 늘 하고 싶은 이야기들이 머릿속에서 빙글빙글 돌아다니고 있었지요. 공저 에세이 쓰기 덕분에 조금은 멈추어 세상 밖으로 정리하는 시간을 가질 수 있어 감사했습니다. 글쓰기 또한 습관으로 쌓이는 순간이 오길 기대합니다. 그럼, 나의 하루는 더 반짝이지 않을까요?

✳ 신유진

아침에 일어나 창문을 활짝 엽니다. 날씨를 확인하고 하루를 계획합니다. 비가 오면 비가 와서 좋은 길을, 햇빛이 쨍한 날에는 파란 하늘을 볼 수 있는 길을 산책 합니다. 우연히 만난 나무 한 그루에서 아름다움을 보고 새로운 세상을 만나기도 합니다. 아름다운 것이 예술이라면 우리 삶도 예술로 만들 수 있습니다. 평범한 나의 일상에 작은 의미 하나 더하면 예술이 되고 우리도 예술가가 될 수 있음을 이 책을 읽는 독자에게 전하고 싶습니다.

✳ 희경

선풍기만으로도 여름을 날 수 있었던 우리 집에도 무더위가 찾아왔습니다. 에어컨이 있는 곳을 전전하며 글을 쓰고 퇴고하는 와중에 냉장고가 고장 나 버렸습니다. 저에겐 우아하고 품위 있는 글쓰기는 불가능한 일인가 봅니다. 그래도 문득문득 다가오는 감탄의 순간들 덕분에 또 하루를 보냅니다. 소나기가 쏟아진 후 한결 시원해진 바람, 어느새 훌쩍 커 버린 아이들의 뒷모습, 필사하다 만난 마음에 쏙 드는 문장 같은 것들 말입니다. 그 순간들을 나누고 싶었습니다. 삶이란 것은 또 그렇게 살아지는 것이니까요.

✳ **이숙희**

여태 특별한 취미 하나 없이 살아온 재미없는 일상과 아이와 나눈 소소한 시간을 담았습니다. 글을 쓰는 동안 삶도 마음도 조금씩 비워 냈습니다. 아주 달라지지는 않았지만, 많이 달라지고 있고요. 일상에 틈이 생기고 조금 헐렁해지니 매일 보던 풍경이 조금 달리 보이고 내 삶도 꽤 근사하다는 생각이 들었습니다. 앞으로 더 자주 감동하고 더 자주 일상이 예술이 되는 순간을 경험하고 싶습니다. 매일 내가 좋아하는 일에 집중하고 좋아하는 것을 가까이하는 우리 모두 이미 예술가라는 생각을 해 봅니다.

✳ **이윤미**

새로운 것을 시작하는 것은 쉽지 않습니다. 두려움과 어려움이 생기기 마련입니다. 저 또한 글쓰기에 어려움이 많았습니다. 독서 모임과 글쓰기 강의를 들으며 조금씩 극복해 나가며 이렇게 공저 참여도 하게 되었습니다. 내 일상의 모든 것이 글쓰기의 소재가 될 수 있다는 걸 알게 되었습니다. 의식적으로 생각하고 만들며 빛나는 일상이 되도록 노력하려 합니다. 지금까지 도전해 보지 못한 낯선 것에 두려워하지 말고 용기 내시길 바랍니다. 도전에 늦은 나이는 없습니다. 내 일상도 예술이 될 수 있습니다.

✳ **정가주**

페르메이르의 〈우유 따르는 여인〉 그림을 좋아합니다. 그림을 볼 때마다 여인의 하루를 상상해 봅니다. 어두컴컴한 새벽 일어나 문 앞에 놓여있는 우유병을 가져와 아침을 준비하는 모습을요. 매일 반복되는 일상이 때로는 지겹게 느껴지기도 하지만 그 반복이 위안을 줄 때가 많습니다. 글을 쓰며 페르메이르의 그림처럼 평범하지만 반짝이는 순간들을 찾아보았습니다. 별것 아닌 날에도 의미를 부여하고 아름다움을 느끼면 예술이 됩니다. 당신의 일상도 예술입니다.

✳ **최은정**

글을 쓰면서 제 삶을 촘촘히 바라볼 수 있었습니다. 아이들을 키우며 순간순간 제가 좋아하는 것들에 대한 관심을 지속하기 위해 노력해 왔던 시간이었습니다. 거창한 것들이 아닌 지금 내가 할 수 있는 것들에 집중했던 순간들이 모여 글이 되는 신기한 경험이었습니다. 책 쓰기를 마치고 제 삶을 더 사랑할 수 있게 되었습니다.